U0030206

百鬼夜行
拉彌亞
百鬼夜行—卷12—完結篇
笭菁 著

百鬼夜行——卷12（完結篇）——拉彌亞

（※本故事內容純屬虛構，如有雷同，純屬巧合。）

目次

楔子 005
第一章 罕客 011
第二章 新面孔 035
第三章 施咒者 059
第四章 遺落物 077
第五章 失蹤者 101
第六章 攤牌 121

第七章　老屋裡的…… 141
第八章　七具屍體 161
第九章　步步進逼 175
第十章　施咒者 197
第十一章　拉彌亞的巢穴 223
第十二章　我的孩子 245
第十三章　母親 265
第十四章　厲心棠 291
尾聲 309
後記 314

楔子

孩子不動了。

剛剛那個哭得淒厲、全身抽搐的孩子突然間不動了。

披頭散髮的女人趴在兩公尺外，用那瘋狂且渴望的眼神，盼著躺在冰冷地板上的嬰孩能再有點反應……哭啊！哭起來啊，她應該哭得再大聲一點，再尖銳些的。

「不不不……」女人痛苦的嚎叫，「不會的！快哭啊！哭啊！」

被包裹得嚴實的嬰孩不再動了，小臉漸漸轉爲青紫。

女人以手代腳的爬了過去，舉起顫抖的手，想碰又不敢碰觸那過於平靜的嬰孩。

「別這樣，我都照做了，米米……米米妳睜開眼睛啊，是媽媽！」女人聲淚俱下的喚著，指尖輕輕戳著嫩嬰的臉，無奈嬰孩已然完全沒有反應，「米米……啊啊啊！」

她一把抱起了嬰孩，緊緊圈在懷裡哭號著，望著腳邊圍繞成圓型的蠟燭，她每一個步驟都仔細再仔細，為什麼會失敗了？

「我哪裡做錯了？我到底……」女人看著懷裡的嬰孩，不捨的貼著她的臉，「對不起，是我的錯……我應該更仔細的，我不該這麼莽撞！」

放下嬰孩，她依依不捨的看著那發紫的臉蛋，「明明就是米米的模樣，為什麼會失敗？」

窗外忽地閃過一道白光，接著是駭人的雷鳴聲，大雨變成了暴雨，這麼可怕的聲響都不再驚醒懷中的嬰孩，女人輕輕探著小巧的鼻尖，嬰孩果然已經沒了呼吸。

浪費了！眞浪費了！

她不敢遲疑，把孩子放下，開始吹熄滿地的蠟燭，把地上的痕跡抹去，再趕緊把自己的東西收拾好，來到窗邊時，看著外頭像暴風雨的天氣，有點心疼的回頭看向躺在地上的嬰孩。

所以她拿過了一個塑膠袋，重新回到嬰孩身邊，把她給裝了進去。

「我聽說死後幾個小時聽力都還是在的，我知道妳還小聽不懂，但讓妳這樣淋雨我也於心不忍……」女人邊說，邊用塑膠袋一層一層的將嬰孩給包裹起來，再放進一個購物袋裡。

剛出生的嬰孩能有多大，隨便拎個包都能塞進去。

平常心啊！女人拿過傘，從容的走出了門。

這場雨真的太大了，大雨如同澆灌一般，時值冬季，天又黑得早，這雨大到視線模糊，路上幾乎沒有行人；女人全身黑色裝束，打著黑傘，極端低調不引起旁人的注意。

彎彎繞繞的鑽過小巷，終於來到了兩個垃圾子母車邊。

這是某條巷子的後方，她刻意從後方繞過來，完美避開大路，她從購物袋裡拉出了那個塑膠袋子，最後的凝視了嬰孩數秒。

「下輩子，不要再遇到我這樣的人。」

說著，她將手裡的塑膠袋拋進了子母車裡。

兩座子母車垃圾都已滿載，所以「垃圾」落在了最上方，女人緊握著傘遲疑數秒，含著淚回身快步離開了巷子。

大雨打在白色的垃圾袋上，滴滴答答……答答答答……

然後袋裡的嬰孩，突然呼出了一口氣，呼……

啪噠啪噠，子母車前方約莫五公尺遠的巷口，打著傘也濕的行人正奔跑著往前，急著想要找地方避雨。

「這雨也下得太誇張了！」

「快點先找間店躲吧！」

他們身後另有個高挺身影，正不急不徐的往前走著，他身上的防風雨衣，完美的擋下了所有雨水，他也絲毫不以爲意。

皮鞋踏過巷口，戛然止步。

男人狐疑的蹙眉，再向後大退一步，轉向右邊的昏暗巷底中，那兩台骯髒的垃圾子母車。

他好像聽見了哭聲。

轉過腳尖，大步往巷裡走去，右邊那台子母車上垃圾滿溢，但最上面卻夾雜著一股詭異的氣味。

男人站在子母車前，看著大雨沖打，而有個白色塑膠袋明顯的動了動。他知道裡面有東西，遲疑著要不要干預人類事務時，那袋子舞動得更厲害了些，彷彿巴不得引起他注意似的。

眞令人討厭，他看著塑膠袋裡的陰影，爲什麼看起來像是個孩子？

唉，他上前，小心翼翼的打開了塑膠袋，在打開的瞬間，一雙眼睛竟與他四目相對。

人類嬰孩甫出生的視力是不佳的，他們看不見清楚的事物，充其量只是個影子；但袋子裡的嬰孩，目光卻如此堅定，彷彿似牢牢鎖著他似的。

「嚶……」嬰孩突地痛苦皺眉，發出虛弱的哭聲，稚嫩的小手掙扎著，彷彿想要個擁抱。

打開塑膠袋後，傾盆大雨即刻灌入袋內，澆打在嬰孩身上，沒幾秒嬰兒就泡在冰水裡了，舞動四肢的力道很弱，哭聲漸歇，男人在原地盯著幾分鐘後，嬰孩又沒聲了。

「喂？Hello？」他伸手朝著嬰孩的小手摸去，竟如此冰冷。

小小的手沒有抓住他的，反而是垂軟了下去。

天哪！有別於前幾分鐘的漠然，男子急忙的將孩子從水裡抱出，擱在懷中搖著，但嬰兒都無動於衷，鼻下他探不到氣息，趕緊朝嬰孩的脈搏壓去——若有似無。

他低首望著那可愛天真的面容，男人在事後回想千百遍，也找不到當時施法的理由。

他輕輕的吻上了嬰孩的額頭。

小小的女嬰顫動了一下，沉重的眼皮似睜非睜，然後……

「哇……哇哇——」

「沒事了！沒事了！」他將孩子緊緊抱在懷中，眨眼間大雨竟避開了他的上方，「別哭！沒事了！」

再下一秒，原本滴著水的嬰孩身上完全乾爽，男子取下頸間的圍巾，好好的裹住了孩子，疾步走出巷子。

他眞的設想過無數次「如果」，但每一次，他覺得他都會選擇救下她。

第一章 罕客

「歡迎光臨！」

嘹亮有力的聲音響著，俏麗女孩站在金色屏風後，迎接著一群詭異裝扮的客人入場；這群客人引起許多人的注意，大家紛紛讚嘆那特殊化妝術，雖說來到「百鬼夜行」大家都習慣扮裝，但最近捲得也太誇張了！瞧今天進來的幾個人，一雙眼睛位在額頭上，還緊緊相連，嘴巴佔了臉的二分之一，還有舌頭在那兒吐來吐去，這是怎麼辦到的啊？

首都R區寧靜街上，清一色全是酒吧夜店，最知名的夜店，要屬位於街尾最末端、那個只要一踏上寧靜街，便能看見那棟如城堡般的建築物、傳統上所謂路衝的夜店「百鬼夜行」！

一棟三層樓的透天厝，表面用木板裝潢成古堡模樣，整整三樓的牆面上有許多詭異的雕像，囊括各類妖魔鬼怪，整棟樓閃爍著陰森的光芒，大門還是一張血盆大口的形狀。

來「百鬼夜行」的客人都會卯足全力裝扮成各種妖怪，便能獲得第一輪免費的酒，而夜店內所有的服務生扮裝唯妙唯肖，全是妖魔鬼怪，化妝術無人能敵！

「收斂點啊！」女孩趕緊往前低語，「各位可別現出原形喔！」

一眾客人努力的點點頭，他們的左手上，都戴著銀色的手環，一樓的客人看著自己右手的金色手環，好奇的打量著那群連走路都奇形怪狀的人們，銀色手環是什麼樣的VIP嗎？

「特別VIP。」彷彿讀出他們的猜想，女孩轉頭朝著他們解釋，「請跟我上二樓，各位！」

厲心棠趕緊引領著「怪」人們往大廳深處走去，前往舞台後方的樓梯，才是通往二樓的「非人區」。

「好久不見！」幸好沒走幾步，西裝筆挺的店經理現了身，「您預約的菜色都已經幫您準備好了喔！」

客人們一陣歡呼，那舌頭又差點伸出來了。

店經理是位女性，總是一身中性裝扮，及地的長髮紮著長馬尾，一絲不苟，名喚拉彌亞——是，就是大眾認知的那個「拉彌亞」。

有拉彌亞在，厲心棠就覺得格外安心，沒有什麼事是拉彌亞鎮不住的！她到吧台邊端起準備好的調酒，吧台裡的金髮帥哥一邊忙著跟女客人調情，一邊沒忘記瞄她一眼：「7號包廂。」

「好的！」她端過托盤，左顧右盼，招了一個頭破血流的男人過來，「7號。」

男人扭曲的手接過托盤，但依舊穩當，他一路走著都令人看得膽戰心驚，瞧瞧那慘狀，聽說這服務生的扮裝主題是「車禍亡靈」。

而遊走在舞廳裡，最醒目的開始那穿著雪白和服、蒼白膚色、但美麗的「雪女」了！客人們總是好奇的接近她，試圖破解爲什麼光在她身邊一公尺的範圍，都能感受到森森寒氣？

其實不必糾結，她就是正港的雪女，那個在雪山裡被殺掉、怨魂不散、轉而成精的雪姬。

「棠棠，」雪姬趁機朝著她走來，「外面的東、西好像還在，大家都很不安。」

聞言，厲心棠朝著金色屏風那邊看去，但卻對著雪姬微笑，「沒事，他們不敢進來的，百鬼夜行可是個法外自治區。」

她要青面鬼準備一些點心，然後繞出屏風外，負責門口審查的是兩個俊俏的小正太，兩位都是吸血鬼，但今晚都相當的低氣壓。

「笑啊，兩位，我們開店做生意的，笑容呢？」厲心棠一出來就看見他們垮著一張臉。

「外面站著奇怪的東西，哪笑得出來？」小淘沒好氣的抱怨著，指著大門對面的不速之客。

「百鬼夜行」大門右邊，排了滿滿的人龍，大家都在等著入場，無奈現在場內已滿，所以只能在外排隊等候；厲心棠走出以「血盆大口」爲門口的大門，朝左方跟客人們點頭微笑，接著視線就落在馬路對面那兩、三位街友身上。

她依然保持微笑，朝他們揮揮手，此時矮小的青面鬼端著一籃食物走過來，排在前頭的人看見還驚呼出聲：「是侏儒嗎？」

「是的。」厲心棠回以肯定的答案，接過籃子，「謝謝，進去吧。」

青面鬼多看了客人一眼，誰跟你侏儒，你全家才侏儒！老子是正港青面鬼！隨時都能把你拆成十幾塊吃了！青面鬼又粗又長的舌頭舔遍了整張臉，排隊的人們只是看戲般的驚呼連連。

厲心棠手裡捧著兩紙籃點心，裡面都是速食類食物，熱騰騰的酥脆薯條與炸雞塊，她記得他們喜歡吃。

「辛苦了。」她走到流浪漢面前，遞出了食物，「這個小店請客。」

流浪漢抬頭看了她一眼，略顯猶豫。

「別客氣了，還想吃什麼？我們店裡能提供的都有。」厲心棠把紙籃塞進他們手裡，「漢堡有牛肉跟炸雞的，另外要吃雞肉捲嗎？爆米花？」

望著她流浪漢明顯的嚥了口口水，但又說不出口。

「可樂？」她再問，他們眼睛都微微亮了，「沒問題，都爲兩位準備……只有兩位吧？」

街友們沒說話，這才趕緊別開眼神，留意到「百鬼夜行」外一整排排隊人龍都在看著他們，趕緊點頭，用那蒼老的手顫抖揮揮，表示感謝。

「別客氣，天使降臨，小店也沒什麼好招待的。」厲心棠突然話鋒一轉，「除了進店以外，有其他需要，儘管透過門口的人找我！」

兩位街友眼神閃過一絲詫異，他們不可能眼拙認錯，但眼前的孩子就只是一個普通的人類，她怎麼可能知道他們是誰——啊！

「裡面那些怪胎告訴妳的？」

「我們店裡的客人，囊括了妖怪、精怪、鬼與人類，沒有哪個是怪胎。」厲心棠輕巧的糾正他們的用語。

街友們露出明顯的不屑，厲心棠只是莞爾，都什麼年代了，有些天使還是習慣高高在上。

「我們有工作在身，剛好在你們店外而已，不必多心。」街友敷衍的說著，拿起籃子裡的薯條入口，「感謝招待。」

「飲料跟漢堡等等送來，辛苦了！」厲心棠禮貌的說著，回身準備過馬路。排隊的客人紛紛對她豎起大姆指，在他們眼裡，她是個幫助街友的好心人。

厲心棠踏入大門，暗處高壯的保鑣走了出來，憂心忡忡。

「別擔心，你不要踏出去，他們不能拿你怎麼樣的。」厲心棠安慰著員工，畢竟保鑣也不是人類，「他們也不能入店裡，『百鬼夜行』會給你們最佳的庇護。」

保鑣聞言，終於放下了心，雖說在這裡工作都明白會有庇護，但現在「百鬼夜行」最大的兩位老闆不在，還是讓人難以心安；不過棠棠是他們的養女，雖是人類，但她懂得比他們多很多很多。

鬼只懂鬼、妖只懂妖、惡魔只懂天使，但棠棠卻什麼都懂。

「眞討厭，他們來幹嘛？」吸血鬼正太們惴惴不安。

「別怕，你們不同族的，天使能奈何得了吸血鬼？」厲心棠笑著拍拍帥小子。

「呵、呵，」小淘沒好氣的賠著笑，「聖水可以。」

「聖水沒這麼好拿的，你以爲便利商店喔，隨時買得到？」厲心棠再往馬路對面瞥了眼，「反正別出門就沒事了，他們沒那個膽量惹百鬼夜行的啦！」

厲心棠笑著往店裡走去，繞進了金色屏風，店內所有的妖魔鬼怪下意識紛紛朝她看來！

呼！她感受到視線與龐大的壓力，先交代青面鬼再去準備點心，掛著微笑一路朝客人打招呼，順便收走一些空餐具，然後趁機走到舞台旁的簾幕後，那個非員工不得進入的專區，趁機鬆口氣。

她獨自扶著牆坐上階梯，調整著情緒，天使出現在店門口絕對不是巧合！而且根本是在監視他們！

「棠棠？」拉彌亞也走了進來，「妳一個人不該獨自在階梯上。」

「百鬼夜行」的二樓全是非人，雖然明文禁止店內不許獵食，但是……只要有一個凶性大發，突然朝人類下手，那就是後悔莫及的事了。

厲心棠抬頭看了拉彌亞一眼，「我沒事的。」

拉彌亞總是太擔心。她當然知道拉彌亞的憂慮，但是她是在這裡長大的孩子啊！況且叔叔跟雅姐在她身上，也是有做些防護的嘛。

「在煩惱天使的事嗎？」拉彌亞溫柔的問，「他們只是晃晃，不敢進來的。」

「我擔心的不是這個，是爲什麼會來？」厲心棠又吁了一口氣，「我一直覺得是雪女2號上次的事情鬧得太大了。」

上次有冒牌雪女讓首都降到零下，這種讓一般人類都察覺到的異變，新聞到現在都還在報，各個氣象學家都還沒研究完，就引起了天使的注意吧？她也是瞎猜的。

「老大跟雅姐呢？他們都沒來店裡，如果他們在的話……」拉彌亞深吸了一口氣，天使也不是她能對付的。

「不行，叔叔跟雅姐現在不適合來店裡。」厲心棠斬釘截鐵的拒絕，「應該不會有什麼大事，我們平常心就好。」

她嘴上這麼說，自己卻也難以平心靜氣。

拉彌亞心疼的望著她，輕撫著她的頭，「妳看起來一點都不平常心啊！」

「唉……很煩！」她咬了咬唇，「如果闕擎在就好了。」

闕擎，她喜歡的男人，真心喜歡的人。

拉彌亞眼神黯了幾分，噢了聲，「對啊，他人呢？不是都跟妳住在一起？」

「沒，他現在兩邊跑，但是他醫院那邊有點狀況。」厲心棠邊說，臉上都是失望。

不只是醫院有狀況，其實……他整個人都不對勁，闕擎不說，不代表她不知道，她那麼喜歡他，怎麼會不知道他的變化！

雪女2號事件後，闕擎就變得有點怪怪的，只是沒告訴她而已。

闕擎是意外認識的，總之他是個有陰陽眼、容易看見鬼也會被纏上的傢伙！一直以來都封閉自己不與外人或鬼接觸，因爲不得已的情況下才把鬼引到「百鬼夜行」來，是因爲這樣認識的！

除了長得貴氣好看外，她就喜歡他那酷酷的模樣，店規不許大家干涉人類的事，但她是人類，不在這個規定之內，她就是想幫人，可是又沒能力——只好拉著闕擎幫她，初期是想著既然他能看見鬼，應該更方便吧！雖說後來什麼事都拉上他，但闕擎都是嘴上唸唸，每次都幫她的！

然後，原來他不只是體質敏感而已，他竟然可能是一種「都市傳說」：黑瞳。

但闕擎說他也是人生父母養，就是一個正常的人類，「黑瞳」應該算是他的能力吧，一種屬於都市傳說的能力。

一種……只要他想、就能讓人自殘至死的能力。

她完全能理解，而且她思考過往，從他們認識後發生的事情，的確有很多惡鬼或是人類最終以自殘結束生命，其實都是闕擎爲了保護他們吧！

「我聽說，之前找你們麻煩、一直糾纏不清的警官死了？」拉彌亞說著這話時，臉上是帶著微笑的，「眞乾脆。」

拉彌亞當然不喜歡程元成，那個監視闕擊的警官，厲心棠也不介意他的死亡，但是她在意的是他的「死法」。

之前她與闕擎被困在古明中學的體育館內，那裡面被雪女2號冰封，凍死了許多學生老師，但那位警官並非死於雪女2號手上，他是被一槍斃命的！

當時他追著他們離開體育館，他與闕擎之間，公私方面都有仇恨，當時他打算利用自己有槍的職務之便，殺了闕擎！可是在他開槍之前，槍聲便響起，子彈貫穿了他的眉心。

誰開的槍？他們可不是生活在人人擁槍的國度，能開槍的有誰？

「我只知道煩妳的人不在了，但我還是不喜歡妳跟闕擎太近，首先他的身世成謎，再來他身邊太多奇怪的事，光是這個國家的警察會盯著他就不正常了！」拉彌亞平時對闕擎並不壞，只是在意他們在一起。

厲心棠聞言轉了轉眼珠子，突然好奇的抬起頭，「連妳都不知道他身世？」

拉彌亞可是有超強的占卜能力啊！

只見拉彌亞嘴角略微抽動，露出一抹皮笑肉不笑的神情，「妳想知道嗎？」

想。

這是湧出腦海的第一句話，但是厲心棠沒有脫口而出，因為……她不該借助外力知道闕擎的過去，說不在意的人是她、不多問的是她、等著他主動說的也是她。

最終她搖了搖頭，「他想說的話，會告訴我的！」

「是嗎？」拉彌亞眼裡閃過一絲黯淡，「那如果他都不想說呢？」

「那就別說啦！表示他不想講，我難不成還逼他？」厲心棠撐著雙腳起身，大口灌著可樂，「我是在這裡長大的孩子，我比誰都有包容力的！」

不去過問到「百鬼夜行」的魍魎魑魅，一旦進入這裡，大家都是一樣的。

拉彌亞並不喜歡這個答案，更不喜歡厲心棠的豁達，她不相信男人的鬼話，因爲她就是受害者！

「別相信男人，棠棠。」拉彌亞沉重的說著，「他們說的話，都不可信。」

喔喔。厲心棠有點尷尬的看著拉彌亞，她知道拉彌亞的過去，她就是被宇宙級渣男始亂終棄、被正宮原配虐成人不人蛇不蛇的模樣，孩子被奪走殺死，而那個渣男從頭到尾都沒保護她，只給了她一些能力。

但是，拉彌亞的經歷不能等於全人類的經歷吧！

厲心棠帶著溫暖的笑，張開雙臂，直接起身上前抱住了拉彌亞，那是家人間親暱的擁抱，從小到大，她都是這樣擁抱著「百鬼夜行」裡的人或鬼……但長大後，眞的越來越少了。

「放心好了，我相信自己的心！」她俏皮的朝著拉彌亞眨了眼。

「棠……」

「拉彌亞！」

外頭傳來急促的聲音，新來的車禍鬼有些著急的走了進來，殘破的手指指著外頭。

「怎麼了嗎？」厲心棠即刻走下階梯，順手把可樂瓶塞給了車禍鬼。

「有好幾個亡者來了……有點、有點麻煩！」車禍鬼不知道該怎麼形容，厲心棠即刻往大廳走了出去。

同時間，拉彌亞也感受到二樓起了騷動，以及空氣中瀰漫著的淡淡香甜味——不會吧？

厲心棠衝到舞廳時，就看見金色屏風那兒被一群人圍著，他們又驚又喜，笑聲連連，甚至有個女孩已經抱起了一個孩子安撫著。

對，是孩子，被抱起的那個甚至可能才一歲多！

她緩緩的接近騷動中心，是十幾個小孩的亡靈，最小的連走都不會走，最大的不超過三、四歲！

「這裡未滿十八歲不能進吧？」

「這些孩子的爸媽在哪裡？」

「他們是從哪裡來的啊？」

「小朋友？爸爸媽媽呢？」

對啊，小朋友，你們的父母呢？

「百鬼夜行」三樓，一條長廊兩旁都是房間，房間裡是各種辦公室，坪數不大，但功能齊全，還可以隨時變化；一個綁著雙馬尾的可愛女孩正在一間繽紛的房間裡，指揮著所有孩子們乖乖聽話——限聽得懂的那批。

「這邊的玩具通通可以玩，要喝養樂多的舉手！」女孩嚷著，孩子們紛紛興奮的高舉起手來。

隔壁房裡的厲心棠正把一、兩歲的孩子放在雪姬製作出來的冰塊嬰兒床裡，反正都已經死了，溫度不會是問題。

問題是，這些孩子怎麼來的？

「棠棠，」雪姫正在一旁，把嬰兒床上方再加個蓋，以防孩子爬出來，「妳先到隔壁幫阿天，我把這邊都弄好就過去做玩具跟柵欄。」

「幸好有你們，帶孩子我還眞不會！」厲心棠由衷感謝，正要出門又頓了住，「拉彌亞呢？」

這些孩子，應該是拉彌亞的痛處。

雪姫回眸，略微苦笑，「她在安撫二樓的非人，妳知道的，孩子的靈魂有多可口，現在整間店活像有麵包剛出爐，大家都饞得很！」

哇！原來嬰孩靈魂在魍魎魑魅的眼裡，這麼可口啊？難怪拉彌亞第一時間就要她立刻帶著孩子們上三樓，至少三樓還有結界保護。

匆匆回到隔壁房時，已然井然有序，孩子們各自玩玩具、在牆上塗鴉，剩下的坐一整排喝養樂多看電視，那雙馬尾的蘿莉孩子王把這群孩子管理得非常妥當。

「阿天……」厲心棠說不出的感激，他眞的很有一手。

「讓天邪鬼帶孩子，是不是有點大材小用？」蘿莉嘟著嘴，又拿起一瓶養樂多，強烈暗示。

「一個月的量，沒問題！」她允下了承諾，幸好有能幻化成萬物的天邪鬼扛著，不然她眞的難以應付這群孩子。

一樓有幾個亡靈生前可能也有孩子，但如果孩子會讓他們覺得美味的話，的確別讓他們靠近比較好；雪姬生前也有孩子，所以有照顧孩子的經驗；至於拉彌亞……以前當她的孩子被殺死後，她因孩子思念成瘋，變成專吃孩子的可怕怪物。

厲心棠知道拉彌亞過去做過什麼事，所以她反而怕拉彌亞接觸這些孩子。

幾個較大的孩子正目不轉睛的看著電視，厲心棠刻意坐到他們身邊，仔細觀察，他們都跟活著時差不多，身上沒有什麼可怕的傷口，死狀也很平和，就是蒼白了些。

「嗨，我叫棠棠，妳叫什麼名字？」

小孩子專心看著電視，沒幾個人看她，倒是有個男孩瞥了她一眼！眼神一對上，厲心棠趕緊露出笑容，希望收服孩子們。

「媽媽呢？」男孩有點可憐的問著，「我媽咪呢？」

此話一出，所有孩子突然靜了下來，他們不約而同看向了厲心棠，接著有孩子直接就哭了出來。

「媽媽！」

「我要我媽媽——」

「媽媽——」

哇！厲心棠嚇得掩起雙耳，逃難似的離開了房間，正因爲是孩子，活著時的哭喊已經夠可怕了，更別說以亡靈之姿的嚎啕大哭，那不是她區區一個人類受得了的！

「我來！妳下去忙！」雪姬趕忙推她出門，匆匆把門帶上。

三樓她一刻都不敢待，孩子哭喊聲震耳欲聾，一聲聲喊著要媽媽，但是她也無能爲力啊！

一口氣死十幾個孩子，她剛粗略滑了手機，沒有查到任何相關新聞，沒有大量死亡的意外，而且死者都是小孩……她緩緩走下一樓，凌晨三點多了，夜店客人減少了許多，不似午夜前那麼熱鬧，大家也輕鬆了些。

「可能是天使吸引那些孩子來的，之前他們應該是到處飄盪，因爲天使出現，他們才瞧見百鬼夜行。」德古拉遞上一杯涼爽的啤酒，厲心棠抓過來就灌。

「總共十七個，沒有明顯外傷，沒有重大事故……」厲心棠緊皺著眉，「我想到就不舒服，他們最大的才三歲多！」

這不是尋常現象，尤其在人界沒有任何意外的前提下，這些孩子是怎麼死的，反而更加令她覺得可怕。

德古拉淡淡瞥了她一眼，「百鬼夜行」的店規，所有非人類不得干預人類的事，所以一屋子的鬼即使都看出那些孩子身上有怪異，也沒人敢跟厲心棠提半個字，因爲她不但是整間店裡唯一的人類，還是絕對會管事的人類。

「別瞄我，給我個提示。」厲心棠眼神忽地盯住德古拉，「你一定知道什麼。」

「老大交代過，我們不插手——」

「德古拉……小德……」撒嬌模式ON，厲心棠嘟起嘴望著他，「沒讓你幫，就是說說看！」

德古拉笑而不答，繼續清理手上的杯子，吧台另一邊傳來女性親暱的叫喚聲，他立刻旋身去招呼客人，那位女客人對他非常有意思，順利的話，應該可以成爲他下一頓的晚餐。

車禍鬼拿著帳單過來，厲心棠接過後即刻到角落結帳，一套動作行雲流水，發票及信用卡放到白骨做成的結帳盤裡，交還給車禍鬼。

「裡面的幾個客人都喝醉了，我不敢送他們出去。」車禍鬼面有難色。

啊對！厲心棠即刻跟著他前往剛結帳的包廂，其他人是妖或魔就算了，但車禍鬼是因車禍致死的鬼，店外的天使會嚇得他屁滾尿流的。厲心棠爲幾個醉酒的客人叫了計程車，一位一位送他們上車，還不忘九十度鞠躬，謝謝光臨。

「呼！」揹揹肩頭，她沒忘跟對面的天使領首，轉身回到店裡。

「謝謝！」車禍鬼很感激，不然平常這是他的工作。

「沒事，天使你們惹不起。」厲心棠拍拍他，身上因被車子夾爛的肉塊又掉下來幾個。

「那個……剛剛那些小孩啊，他們身上是有傷的。」車禍鬼小聲的說著，「妳看一下他們的手腕……」

咦？繞進金色屏風裡的厲心棠戛然止步，猛然一拉把車禍鬼拉退了幾步，用金色屏風當掩護。

「還有什麼？」她一雙眼亮晶晶的望著車禍鬼，這區區亡靈都看得出來啊！

車禍鬼相當緊張，他看向厲心棠背後兩個俊美的正太，他們正用眼神示意，讓他少說兩句。

「我只、我只看得出來這個……可是那很明顯啊，我不算告發吧？」車禍鬼緊張了，他好怕被趕出這間店！

因爲他還沒想起來自己是怎麼死的，連自己是誰都不知道，才到「百鬼夜行」來的啊！

「很明顯？我怎麼沒看出來？」剛剛樓上在發養樂多時，她就應該看見啊！

厲心棠即刻奔向三樓，先去找嬰兒亡靈探視，小孩在冰塊搖籃裡沉睡著，那白胖粉嫩的手腕間，果然有著怵目驚心的傷口。

有兩個血十字，孩子是被割斷腕動脈身亡的。

男人打開電腦，他桌上有兩個營幕，其中一個畫面裡切成九宮格，每一格都是監視器畫面，他敲下鍵盤，放大了左上角的鏡頭，那是正對著門口的監視器。

在一間不起眼的精神病院外頭，出現了一台黑色的車子，裡面有兩個人，車子停在外頭已經超過十二個小時了。

「又來？」闕擎沉吟著，怎麼突然又恢復監視模式？

他原本以為，程元成死後，他能有幾分喘息空間的。

程元成是特殊警察，隸屬於政府的某個單位，算是闕擎的死對頭，他記得從來到這個國家後，就一直有警察在跟蹤他、監視他，即使他後來被人收養、到養父一家滅門、再到他畢業、甚至是成年後的現在，無論他在哪裡，總是有人在盯著他。

從小到大，這些跟蹤者樂此不疲，他心情不好時就會動手解決幾個，沒有人喜歡這樣被跟著；當然因爲「同事們」的失蹤，這些警察心情都不大好，於是他與特殊警察們之間便形成惡性循環，對他敵意最重的，就屬於這些特殊警察的組長：程元成。

程元成是到最近才現身攤牌的，今年起特殊警察的動作頻頻，從暗處到明處，各種找麻煩、甚至要收走他這棟「平靜精神療養院」，他本想跟他背後的人好好談談，問問他們究竟要什麼？

誰知道，十幾年前有一場因他間接造成的校園自殺案，其中一名死者的父親便是程元成，這下就是公私都有仇了！前不久該校舉辦什麼慘案紀念日，程元成還挖出他當年被富商領養、爾後富商全家自戕的事，新仇舊恨算是一併爆發，因此程元成趁著雪女2號肆虐之際，便想殺了他！

其實那個距離、那個局面，他絕對難以自保，他甚至已經抱定了必死的心態，沒料到槍聲過後，倒下的卻是程元成。

程元成眉心的彈孔他至今忘不了——有人在他開槍前，先下手了！

爲什麼？目標是殺程元成？還是想救他？

闕擎望著監視器裡的車子，程元成死後沒有改變太多事，跟監他的人再度現身，世界上真的沒什麼人是不可替代的，堂堂一個組長死了，還會有千千萬萬的新組長頂上，活動持續，他依然被監視著。

打開抽屜，他從角落裡抽出一張皺巴巴的紙條，雪女2號事件後他曾受傷住院，在那應該單純的六人病房中，有人趁機在他的包裡塞進了那張字條：

「是時候償還你的罪孽了！」

是誰？闕擎想了無數次，甚至請熟識的章警官調查與他同病房的幾個病友、照顧他們的醫護人員，是誰把紙條放進去了？

他身邊有什麼事正在發生，他並不想牽連厲心棠，或是「百鬼夜行」的任何人，自己的事就該自己解決，一直依賴著他們也不對……更何況不管是半蛇人的拉彌亞、俊美無雙的吸血鬼、暴力粗獷的狼人，誰都不能插手他的事情。

唯一能幫他的是厲心棠，但那個什麼都不會的傢伙，他可不想讓她捲進是非。

他或許有特殊能力，但不保證有那個命賠——厲心棠可是惡魔利維坦的養女啊！

什麼撿到女嬰養大成人？什麼親切的長腿叔叔？那是惡魔啊！他可不敢想像萬一又讓厲心棠傷到一分一毫，利維坦會對他做出什麼事……天哪！還有她的養母，雅姐，所有雅字輩的惡魔他都想了一輪，猜不到是誰，但猜這些無濟於事，只有一點：遠離爲上！

「眞煩！」他站起身，抓過風衣，朝著房間角落的直達電梯走去。

他的房間位在精神病院的七樓，有著直達的專屬電梯，這整間醫院都是他的，感謝他有錢的養父，養父一家死亡後，身爲養子的他繼承了所有遺產，日子倒是過得愜意。

這棟精神療養院裡是形形色色的精神病患，但絕大多數都是極特別的精神分裂者——一個身體裡有多個靈體，而且除了人類的靈魂外，剩下的幾乎都關著惡魔。

「闕先生！」一樓的護理師見到他嚇了一跳，「您終於出來啦！」

「別說得我好像死了一樣！」闕擎沒好氣的唸著，「我出去走走，等一會就回來。」

闕先生已經整整一週沒下樓了，要不是還有固定叫外送，大家眞覺得他出事了。

「雪雖然停了，但外面還是很冷，小心保暖。」

「會的，謝謝！」他戴上帽子，回頭輕笑。

噢，他們的闕先生笑起來眞好看！

漂亮的五官，冷冽神祕的氣質，黑髮黑眸，全身散發著貴族氣息，近來的他開始多了笑容，在病院裡工作的他們都突然覺得有活力多了。

「闕先生！」

闕擎才剛出大門，步下建築物的那七階台階，身後就傳來急匆匆的聲音，回首一瞧，是護理長蘇珊。

「放心，我知道，他們又來了。」

半打開門的護理長微怔，老闆果然什麼都知道！「已經一週了。」

「我會解決的。」闕擎讓護理長放心，逕自朝著大門走去。

走下精神病棟後，大門就在右手邊上坡處，闕擎得走上一段數十公尺的上坡，才能來到一扇對開的雕花大門前，按下開關後走出精神病院，朝旁一瞟，就能看見監視他的車子了。

對開門緩緩關上，闕擎扭頭朝車子裡的人打招呼，他們正手忙腳亂的收拾東西，另一個趕緊回報目標出現！

闕擎大步的朝他們走去，眞希望他們剛剛有吃飽，因爲那將是他們的最後一餐。

第二章 新面孔

夜店上午六點休息，厲心棠只睡了六小時，一過中午便起床，趕緊梳洗後就得出門。她到廚房去簡單熱個麵包，現在這空蕩蕩的家裡，只有她一個人，有夠無聊。

這是一間有如度假小屋的森林別墅，半開放空間，一共兩層樓，木製小屋空氣中都是怡人原木香氣，客廳與餐廳相連寬敞，挑高的大廳上面氣窗開啓，都能感受到外界的清新空氣……這不只是人類呼吸的空氣新鮮，更是一個完全無魍魎鬼魅的地方。

落地窗外是蓮花遍佈的池塘，遠處青山綠水，中間還有木橋貫穿，黃鶯枝頭啼叫，蝴蝶翩翩自他眼前飛過，靜謐山水，恍若世外桃源！

她是被收養的孩子，撿到她的是叔叔，他跟雅姐是對戀人，已經相戀幾百年了，她從小就住在這兒跟「百鬼夜行」的店裡，他們甚至不讓她去上學，全部採用自學，所以她從小到大完全沒有同學跟朋友。

「百鬼夜行」裡有各種妖魔鬼怪，所以她能學到各國語言還有各國歷史，甚至也瞭解每種妖怪魔物的特性，而人類死後化成的亡靈更懂，昨天的孩子們是純眞的靈魂、車禍鬼可能因爲衝擊過大忘記自己的身分而暫時在店裡打工，也有許多員工是執念未解，依舊想在人世間徘徊。

但她之前天眞的以爲鬼都是好的，直到她堅持離開家裡出去打工——遇到了難以解釋的惡鬼與厲鬼！一樣都是亡魂，但他們都有怨念，且相當血腥！惡鬼們一般不會到「百鬼夜行」來，因爲他們有想要殺的人、想要做的事。

現在這個家屬世外桃源，是叔叔爲她量身打造，任何鬼魅都無法進入，擁有特殊體質的闕擘很喜歡這裡，叔叔後來甚至留了個房間給他。

厲心棠捧著咖啡，從廚房往二樓看去，那是闕擘的房間，他已經好幾天沒回來了，雪女2號的事情才剛告一段落，他可能正在爲那些特殊警察的事煩惱吧！呼！她嘆了一口氣，最近的她壓力也很大，叔叔跟雅姐突然不再出現，她也聯繫不上，店裡的事務繁多，當她接手越來越多店裡的工作時，就更能體會到拉彌亞的辛苦。

但現在更令她煩惱的，是那十幾個幼兒亡靈，究竟從何而來？

她不想去思考可怕的事情，但是……一口氣來這麼多個孩子，又沒有新聞報導，那多半都是見不得光的案件。

她很想闕擘，每天會傳個訊息給他，雖然他都說自己沒在用智慧型手機，但每次傳訊息他都瞧得見，她自然也不信他的說法，但是嘛……等他願意給她正式的聯絡方式時，他自然會給的嘛！

現在的她，實在也分身乏術！

換好衣服、揹起包包，厲心棠打開自己的衣櫃直接就鑽了進去，輕易的穿過牆，來到了黑暗的方間，伸手開燈後關上身後的門，她一樣從另一個衣櫃走出來，衣櫃在三樓的小房間裡，拉開眼前的房門，她已經在「百鬼夜行」了！

「棠棠？這麼早？」一出房間，走廊上就站著拉彌亞。

「……拉彌亞？」厲心棠心臟頓時緊縮，緊張的嚥了口口水，「妳怎麼……妳在這裡……」

她站在孩子房間的門口！厲心棠慌亂的看向房門，那些孩子該不會已經被她吃了吧？

拉彌亞一下就讀出了她的訊息，「店裡不許開殺戒的，我是店經理，妳以爲我會犯嗎？」

聞言，厲心棠只覺得被愧疚淹沒，「哎唷！拉彌亞，我不是那個意思！我也不是不相信妳，我就是——」

她走到拉彌亞面前，擦嬌般的望著拉彌亞，最後連自己都不相信自己說的藉口，嘆聲氣垂下雙肩。

「對不起！我眞的以爲妳吃掉他們了。」坦白從寬，但她很快的接著說，

「不過我本來就知道妳會吃孩子，只是不確定是生吃，還是連靈魂都吃。」

「一般生吃，靈魂的話……」拉彌亞聳了聳肩，「沒什麼滋味啊！」

哇，厲心棠突然覺得放心很多，幸好不對胃口吧！「我還是想保護這些孩子們，所以……」

「妳想要知道他們出了什麼事吧！反正叫妳不要管妳也不會聽，就去吧！」

拉彌亞讓開了一條路。

「謝了！拉彌亞妳最好了！」厲心棠突然摟上去，在她臉頰親了一下，「開店前我會回來！」

拉彌亞泛出幸福的笑容，「小心點。」

「好！」她比了個OK，風也似的衝到一樓，拉著腳踏車就出去了。

拉彌亞的手撫上臉頰，她還在回味著厲心棠的擁抱與親吻，她非常非常喜歡棠棠這種親暱的表現。

「多美好的孩子對吧？」

身後冷不防傳來聲音，她早感到空氣中的冷冽，回首看著雪姬，會心一笑，「是啊，多麼好的孩子。」

「妳眞的很久沒吃孩子了嗎？從我到店裡以來，我都沒在妳身上聞到食人的腥味。」雪姬倒是挺感動的，「是因爲棠棠嗎？」

拉彌亞毫不否認，大方的點了點頭。

從那個小小的、彷彿一摸就碎的女孩第一次對她笑的那瞬間開始，她就不再吃人類的孩子了。

「那些孩子還好吧？阿天一個人能應付？」

「動不動就在找媽媽，幸好年紀小的很多，搖著搖著就睡了，怎麼死的都不知道，每個孩子都迷迷糊糊的。」

拉彌亞輕輕的打開門，一屋子的孩子睡得橫七豎八，她目光落在他們的手腕內側，那鮮紅的十字傷口，怕就是死因之一。

「我真不想讓棠棠爲他們奔波。」拉彌亞眼神轉爲冰冷，「她就不該去查。」

「要是勸得動，她還會是棠棠嗎？」雪姬倒是釋然。

「我就覺得老大他們慣壞她了，不該放任她去插手人類的事，就算勸不聽，也應該要好好守護她——」拉彌亞握在門把上的手攥緊，「讓她處於危險中，又不許我們插手……」

「老大他們才是棠棠的養父母，我們也不好插手吧！」雪姬倒是很泰然，「但人類的事我們確實不該插手的，我之前犯的錯，還不知道要多久才能還清……對了，沒跟妳正式道謝，之前我有點過分了。」

之前她死腦筋的爲了「承諾」之事，還跟拉彌亞起了衝突，現在大家還願意讓她回來，眞的讓她很愧疚。

拉彌亞將門輕輕帶上，看向雪姬，搖著頭笑了起來。

「這麼客氣，太假了！不如給我一份芒果雪花冰吧！」

「我就只有清冰，要雪花冰過分了喔！」

看著某位警察生疏但有禮的請她坐在熟悉的辦公桌邊，詢問她究竟是要報案還是需要什麼幫忙時，厲心棠只覺得難受。

她瞄向最前頭的辦公桌，整齊乾淨，與之前的滿滿堆疊文件的桌面截然不同，還有那熟悉的杯子、擺件，甚至是名牌都不一樣了。

「章警官呢？」她衝口直問，「還有其他警官，強哥呢？整個TEAM？」都不在了。

她一進警局就感受到氛圍的不同，熟悉的臉孔不再，桌上的陳設也不同，完全是一種新人新氣象。

「章警官……調職了。」開口的也是一個中年男子，看上去比章警官年輕許多，也更斯文，「他整組都調離A區了，敝姓蔡……」

「爲什麼調職？上星期我還看見他的！不，嚴格說是九天前，他還到醫院去看我們。」厲心棠打斷了蔡警官的話，「古明中學的事件並未結案，他帶著案子走嗎？調去哪裡了？」

蔡警官看著焦急的厲心棠，微微一笑，「我不太清楚章警官的調任，但是古明中學的案子由我接手，我接任前已經詳讀了所有文件，我也正在積極的做調查……」

厲心棠一雙眼凝視著他，帶著質疑與不信任，赤裸裸的望進他眼底，讓蔡警官欲言又止，感受到滿滿的敵意。

「沒有調任會倉促成這樣的，到底發生了什麼事？」她唰地站了起來，環顧四周，陌生的警察們立即高度警戒的看著她，好些人的手都已經放在槍套上。

這緊繃的氣氛，這些人是視她爲敵的。

「這又是什麼狀況？」

門口傳來了她心心念念的聲音，厲心棠立刻回頭，一雙眼睛晶亮的看著站在門外、也被擋著的高瘦男人。

「沒關係，讓他進來。」蔡警官比劃了個手勢，警察即刻放行。

「現在進警局要問點事情都這麼麻煩了嗎？」闕擎自在的走向了厲心棠，敲敲她面前的桌子，「我們在這張桌子不知道吃過多少點心跟宵夜了。」

「章警官整個團隊都調職了。」厲心棠不浪費時間，直接給訊息。

闕擎蹙眉，他來警局當然是找章警官的，他是個專辦「無解」案件的警察，對於各種光怪陸離的事都能接受，而且可以巧妙的用人們能接受的角度去結案。

資歷深、經驗多、膽子大，非人案件可不是誰都能處理的，更不可能輕易被取代。

「古明中學的案子不是還沒結？」闕擎問了一樣的問題。

「闕先生，現在由我接手。」蔡警官接口接得順當，「其實章警官大部分都已經調查清楚了，就剩下結案報告，以及——」

「那程元成的死因是什麼？」闕擎開門見山，他今天來就是想知道這個。

蔡警官明顯一怔，但笑容沒離開過臉上，卻笑得厲心棠渾身不自在。

「古明中學的案子死傷許多，幾乎都是凍傷凍死的，程警官很遺憾的也在這場意外中不幸罹難！」蔡警官還伴隨著長嘆，「唉，他原本是去悼念在四四慘案中離世的孩子，誰知道會遇到空調失靈，加上氣候異變產生的極低溫……」

厲心棠蹙著眉聽他說完，瞧蔡警官那一副遺憾的樣子，說得好感傷喔！

「你說謊說得好自然喔！」她由衷讚嘆，蔡警官臉色一凜。

「你講的你信嗎？程元成死在體育館外，眉心有彈孔，我就在現場親眼看見的，別當我傻。」闕擎冷冷的看著蔡警官，「他沒來得及朝我開槍，所以槍響來自於其他人，我想知道是誰開的槍。」

重新抬首的蔡警官沒了笑容，雙眸帶著不耐煩，先是看著闕擎，接著又瞄向厲心棠。

「他的後事我們都會處理，不是每件事都有答案，程警官已經完成他的工作了。」蔡警官直接就著一旁的椅子坐下，也懶得裝了。

「凶手是誰不追究嗎？」厲心棠狐疑的瞇起眼，「還是不需追究？」

「家屬都已經接受了，他是因公殉職，這件事就到此爲止了。」蔡警官再度四兩撥千金，沒有要給答案。

厲心棠仰頭看向闕擎，這是他關心的事，但這個答案只怕他不會滿意。

不過闕擎卻沒有追問，反而低頭看著她，輕推了她一下，「妳來做什麼？應該不是關心程元成吧？」

「哪可能！我才懶得理他——對！」厲心棠趕緊回神，「我想問，最近有大量的幼童死亡案，被你們掩蓋的嗎？」

一旁的警官皺起眉，「什麼掩蓋？有時是偵查不公開！」

「咦！所以眞的有嗎？」厲心棠緊張的揪著手，「十七個孩子，都是襁褓中的嬰孩，最大不超過三歲！」

蔡警官聞言緊皺眉心，朝著一旁的下屬瞄去，他們個個表情嚴肅，果然有問題！厲心棠趕緊趁機跟闕擎說店裡跑來一堆小孩的亡靈，而且是一口氣一整票，讓她非常不安。

「妳爲什麼會知道……爲什麼妳總是知道？」蔡警官良久後卻問了這個，「闕擎就算了，妳不就是……一間夜店的員工？」

呃，對啦！但是她的夜店不是一般夜店啊！章警官沒交接這塊嗎？挺厲害的私藏訊息嘛！

「她當然是因爲我知道，所以跟著知道。」闕擎把藉口補上，「大量的幼童死亡，壓這種新聞下來不應該吧？孩子的父母呢？」

「沒有死亡……但最近有不少孩童失蹤案，只是失蹤。」蔡警官惡意的看向闕擎，「爲什麼說他們死了？難道是你下的手？」

說什麼鬼話啊！厲心棠不爽的想上前，卻被闕擎一把拉住。

「我只對找我麻煩的人出手，我不喜歡小孩，但他們對我沒有威脅。」闕擎非常的平靜，「是你負責那些失蹤孩子的案件嗎？」

蔡警官搖了搖頭，「案子發生在全國各地，只是似乎有點巧合，畢竟太多失蹤案了，那也不是屬於特殊部門的……」

「那你能把所有失蹤案都匯集起來嗎？」厲心棠再次打斷他。

蔡警官明顯的不太高興，「說了，不屬於特殊部門，家長報案屬於各地轄區……」

「那你沒什麼用嘛！」厲心棠失望的搖搖頭，推了推闕擎，「我們走吧！他跟章警官差十萬八千里。」

「厲心棠！」蔡警官突然直呼她的名字，嚴厲的警告，「妳不要以爲妳家那個夜店都能順利做生意！」

喔喔，都已經轉身的厲心棠緩緩回頭，不得不說，這是她聽過最好笑的威脅了。

「這聽起來眞令人害怕啊！」她忍不住笑了起來，「歡迎光臨喔——啊，那個，你叫什麼來著？」

他咬著牙回著：「蔡平昌。」

闕擎也泛起輕笑，這警官充其量只能用些安檢跟消防法對付「百鬼夜行」，但這招上一個找麻煩的程元成用過了，完全合法，很難找到弱點。

「程元成都試過了，你就別白費氣力了。」他幽幽的說，「我想你不是來接替章警官的，應該是來接替程元成的，目標是我！」

「不，我是來接替章警官的，兩位也同時在他的業務範圍內。」蔡平昌倒是沒有隱瞞，「與你們相關連的案子太多了，不明不白，上面也無法信任章警官的報告……」

厲心棠瞥了他一眼，催促著闕擎離開，她不喜歡這個警官，也不喜歡他所有下屬，他們跟章警官完全不一樣。

闕擎跟著她往外走去，背後的視線相當扎人，彷彿一整間警局的人都瞪著他瞧……合理，畢竟第一批跟監他的人已經失蹤了。

「對了，蔡警官是吧！」出門前，闕擎回眸看向蔡平昌，「好好看著程元成，他將是你的前車之鑑。」

蔡平昌猛地握拳，緊皺著眉目送著闕擎離開警局。

前腳剛走，其餘警察即刻湊前，「長官，剛剛為什麼不拿下他？」

「至少問他阿平他們去哪裡了？連人帶車都沒消息！」

「他不會講的。」蔡平昌已經研究過他的資料，「程元成的下屬失蹤了三十多位，找到屍體的也才六個，他根本不可能提。」

「那為什麼不抓——」

「用什麼理由？來硬的我們都已經知道了，他剛剛說得一點都沒錯，程元成就是我們的前車之鑑！」蔡平昌低吼著，「誰都不能輕舉妄動，我們不能步上程元成的後塵，只要專心把任務完成就好。」

「可是阿平他們——」

「不能有私怨！」蔡平昌再次怒吼，倏地看向一旁的男子，「再派兩個去跟著他們，距離拉開，不要太近。」

平頭男子雙手緊握飽拳，不情願但還是服從了命令，「是！」

蔡平昌坐了下來，揉著眉心，盡可能平復心情。闕擎，其實這一切無關私人恩怨，要怪，就只能怪你自己了。

兩點多，兩人在外吃完中飯後一起回到「百鬼夜行」，在店外的闕擎感到非常不舒服，他先回頭看了馬路對面的街友，然後看向天空的詭異波動。

「百鬼夜行」的大門旁就是側門，厲心棠扛著腳踏車往裡去，吆喝著闕擎。

「發生什麼事了嗎？店附近不太對勁。」闕擎關上鐵門時，從鐵柵中看向對面的街友。

「就那群小朋友的亡魂啊！」前面的女孩自然的回著。

側門進入是一條長長的甬道，天花板上埋著無數骸骨，闕擎抬起頭，好幾顆頭顱往下看著他，紛紛說了個「噓」的動作。

「有時我眞羨慕妳！」他由衷的感嘆！不似他這麼容易見鬼、也沒他這麼敏感，甚至不會動不動就被鬼纏身。

架好腳踏車的女孩從杯架中抽起飲料，開心的回首，「什麼？」

「沒事！」他無奈的搖頭，每次瞧見她那開心的臉，他就不太想多說了。

如果她能一直都這麼開心多好。

下午時分的「百鬼夜行」相當安靜，吸血鬼們都在睡覺，狼人不一定會在店裡，亡魂服務生們都會休息或放空，很多鬼會飄出去尋找自己離不開、或不離開的原因。

他們朝三樓走去，都還沒走上呢，三樓樓梯上就坐著一個可愛的雙馬尾小蘿莉，可愛的臉龐圓滾滾的，看著他們直眨眼。

「哇……」一抬頭就對上那萌樣女孩，闕擎忍不住停下了腳步，「這也太可愛！」

「哥哥好。」稚嫩的童音更加迷人，女孩站了起來，朝闕擎張開雙臂。

「喂喂！」厲心棠趕緊一個箭步上前擋住，「別鬧喔！」

「眞有一套吧，連小孩子都能掌握！」闕擎誠懇的建議，「你有沒有考慮當直播主啊？各種類型都能勝任啊！」

咦？女孩眨了眨眼，很認眞的思考著，「可是，我堂堂天邪鬼……」

「都扮成蘿莉了，堂堂什麼啦！」闕擎兩步上前，附耳在旁，「賺自己的錢，可以光明正大的叫無限量養樂多……」

「不要教壞阿天！」

走廊上出現無奈的聲音，西裝筆挺的女人半嚴厲的說著，阿天努努嘴，一骨碌跳起，落地時直接穿過了地板。

於是闕擎就能直接瞧見那其實相當美麗的拉彌亞了。

「拉彌亞，午安。」

「怎麼這麼早回來？我以爲棠棠會弄到開店前呢。」拉彌亞換上了溫和的笑容，「一陣子不見了，還好嗎？」

「不好，我事情很多尚未解決……」闞擎回答得實在，聽見了孩子的玩鬧聲，「你們這邊……挺熱鬧的。」

孩子們玩鬧聲喧天，但那聲音並非純粹人類的聲響，拉彌亞直接爲他打開門，孩子們也都沒留意。

裡頭是冰雪世界，雪姬造了冰滑梯跟各種遊樂器材，讓孩子們玩得不亦樂乎，不過對正常人類來說，這也太冷了吧！

「咦？闞擎來啦！」雪姬立即停止了下雪，「要不要穿個羽絨衣？」

闞擎還在遲疑，左手邊羽絨衣已經遞過來了，拉彌亞給了他們一人一件，否則進去沒幾分鐘就會失溫掛點了。

「謝謝。」闞擎無奈的穿上，這外套其實不夠，還是得速戰速決。

「好冷喔！天哪！」厲心棠跟著進入，直打哆嗦，「你快點看看，能不能看出什麼？」

闞擎找到年紀最大的男孩，孩子正逕自在堆雪人，跟另一個差不多年歲的女孩玩著；闞擎湊過去幫忙，順道拉起了男孩的手，看著手腕間的十字切痕。

「痛不痛？」

男孩搖了搖頭，抽回了手，繼續堆雪。

「誰割你的？」他在問，男孩沒回答，倒是對面的女孩抬頭看了他們一眼。

「阿姨。」

「妳的阿姨？」

「嗯……」女孩歪著頭，「就是阿姨。」

「不認識的阿姨對吧？她拿刀子割妳……很痛吧？妳有沒有哭？妳被關著嗎？很黑很黑的地方？還是有吃好吃的東西？」

闕擎一股腦兒地說了一堆，女孩停下了手裡的動作，連她身邊的男孩都不再堆雪，雙手貼在雪上，動也不動。

「阿姨割手手時，妳有沒有說不要？」

女孩怔怔的抬頭看向闕擎，雙眼漸漸聚滿淚水，小小的身軀也開始顫抖。

「媽媽……」低沉的聲音突然來自於闕擎身邊的男孩，「我要回家……我想回家——媽媽救我！媽媽——」

眨眼間，那天眞可愛的臉龐變得蒼白發紫，痛苦而扭曲的撲向了闕擎！

但他更快的抓過身邊的厲心棠，把她擋在自個兒與小男孩中間——厲心棠能感受到亡靈的情緒，此時不用更待何時？

「喂——」厲心棠趕緊伸出手想抱住男孩，但瞬間就陷入黑暗！

恐懼包圍著他，他四周一片漆黑，他可以感受到手腳都被綁住，連眼睛都被矇了塊布，嘴巴甚至被封住了！

四周顛簸不已，他嚇得狂哭，然後空氣忽地流通，可是依舊什麼都瞧不見，就被壓在了地上或是桌上，緊接被綁著的四肢被鬆開，他嚇得揮動著手就要逃！

但巨大的力量輕而易舉的拉回了他，大人手掌壓著他的胸口難以呼吸，哭著喊著，可是嘴巴上的膠帶讓他張不開嘴……接著四肢再次重新被綁住，但不是束在一起，而是呈現大字型被綁在地上的！

媽媽！媽媽救我！哇啊啊啊……孩子的情緒就是在這極度的驚恐之下，然後手腕一陣疼痛，接著是——

雙耳傳來呢喃聲，接著是可怕的尖叫聲，有什麼東西從地板裡伸出來抓著他，他嚇得魂飛魄散，屎尿橫流，然後某個東西從他身上所有孔洞鑽進了他的身體裡！

好痛！好痛——媽媽！媽媽——

「啊——」厲心棠整個人像被奪去呼吸般的仰首看向天花板，僵硬得如同木離，瞪大的雙眼瞬間滿佈紅色血絲。

闕擎一把推開了男孩，厲心棠即刻癱軟身子栽進他的臂彎中。

小孩被推出去，依然是青紫的臉龐，他痛苦得哇哇大哭，大聲哭喊著媽媽的情緒瞬間感染到其他的孩子，懂事的、不懂事的，紛紛跟著哭嚎起來，喊著媽媽！

雪姬緊急安撫孩子，阿天再度現身製造聲音讓孩子們分心，拉彌亞則是緊張的來到闕擎身邊，擔憂的看著厲心棠。

「她沒事的，一會就好。」闕擎從容的說著，這場面他看得多了。

「她剛剛都抽搐了，臉色多難看！」拉彌亞伸手就要抱走厲心棠。

怎知闕擎另一隻手緊緊環住她，嚴肅的朝著拉彌亞微幅搖首，「現在不適合動她，必須給她點時間跟空間。」

拉彌亞的手停在空中，心中湧現出不悅，看著厲心棠微微移動身子，整張臉往闕擎的懷裡窩去。

厲心棠終於虛弱的開口，「小孩都被綁住雙手雙腳，也被封嘴，他們根本不知道是誰綁了他們……最後應該是被放在法陣裡，身體呈大字型被固定後，拿刀在他們手腕割上十字。」

又痛又驚恐，孩子什麼都不懂，只能哭、只能喊、只能叫媽媽！而更小的嬰兒就別提了，他們只能用哭來表達痛。

「妳剛抽搐得很可怕，是孩子死前的掙扎嗎？」闕擎謹慎的問，那場面非常詭異。

厲心棠終於坐直了身子，狀似虛弱的搖了搖頭，她感傷的看著那個依舊嚇得哭泣的男孩，就覺得難以呼吸。

「有東西侵入身體，我搞不懂是什麼……但有人在下咒。」厲心棠眼神突然轉為銳利，握緊闕擎的雙拳，同時看向拉彌亞，「拉彌亞，我想知道施咒的地點在哪裡？」

咦？拉彌亞一愣，「我？」

「一定是那本書！我們一直沒找到的那本惡魔咒術書！我聽見有人在唸咒了——」她激動的指向孩子們，「這些孩子都是祭品！」

啊啊，闕擎恍然大悟，這樣就說得通了！

為什麼突然會一口氣出現這麼多孩子的亡靈，因為失蹤的他們都是被拐抱再拿去當祭品，太多孩子只是嬰兒，不會說話也不會走路，但那詛咒將他們的命運連在一起，漸漸聚攏，直到較大的孩子被「百鬼夜行」吸引過來。

厲心棠口中的惡魔咒術書，是一本讓闕擎難以理解的東西，據說是惡魔故意放在人界流傳的書本，裡面記載了各種咒法，以滿足人類的欲望，不管你想要什麼願望，照著那本書可能都能實現——只是以惡魔的方式實現。

之前他們遇過食人鬼，那是多位差勁的爛人死亡後拼湊起來的惡鬼，專門吃人，雖說他們吃的也不是好人，但背後其實是有人利用那本書以控制食人鬼，最後由那個人決定誰是好人誰是壞人時，路就走偏了。

再來是雪女2號，「百鬼夜行」裡有位正港的雪姬，不過後來卻出現了一樣有冰雪之力的雪女2號，厲心棠斷定對方拿到了那本惡魔咒術書，畢竟他們在食人鬼的地盤中沒有尋回那本書——遺憾的是，雪女2號最終凍死了許多人，那本書依舊無影無蹤。

現在，那本書又出現了嗎？雪姬事件僅僅過去兩週而已……闕擎看著眼前的孩子們，十七個啊！數量這麼多！

尚在思考，拉彌亞已經轉身走了出去，懷裡的厲心棠跳起來便追，幾個孩子爬過來試圖尋求闕擎安慰，他嚇得縮手站起……他這吸引鬼的特質，連孩子都能感受到嗎？

「幫一下啊！」雪姬分身乏術。

「沒辦法！」闞擎跳過兩個嬰兒，嚇得奪門而出。

門關上也阻絕不了裡頭震耳欲聾的哭聲，不過外頭走廊上的爭執也挺激烈的。

「我不能幫妳，老大說了，我們店規是——」

「不能干預人類事務，我在這裡長大的我會背！我沒有讓妳干預啊，就是幫我占卜一個地方！」厲心棠拽著拉彌亞的西裝外套，「我想知道，那個惡魔法陣是在哪裡出現的？」

第三章 施咒者

拉彌亞嚴肅的望著厲心棠，搖了搖頭，恰好半旋身，所以輕易的看見逃出的闕擎。

「別看我，我勸不動她。」在拉彌亞開口前，闕擎先聲奪人。

事實上他也想知道啦！

「拉彌亞，那是惡魔的咒語，妳幫我找最近這種惡魔的咒語出現在哪個地方就好，這不算干預人類的事務啊！」厲心棠說得理所當然，「哪一句扯到人？也沒說要幫誰吧！」

「棠棠，妳這是鑽漏洞……」

「但就是有漏洞讓我鑽啊！」她開始搖起拉彌亞的手臂了，「拉彌亞，叔叔不會怎樣的，妳只是占卜惡魔法陣在哪裡而已！」

拉彌亞深吸了一口氣，棠棠說得也是有道理，的確沒有幫助任何人類，只是探究一下惡魔法陣的存在之地……但利維坦是什麼人，豈會不知道她們在玩什麼？

「我如果被老大責罰……」拉彌亞顯得非常為難。

「妳只是自己占卜占著玩的。」厲心棠眨著一雙閃亮亮的雙眸。

那從小到大都沒變過的眼睛，每次這麼一看著她，她就沒辦法抵抗。

「我是不是慣壞妳了？」她自言自語的說著。

是。在厲心棠身後一公尺遠的闕擎倒是很乾脆的點頭，別說拉彌亞了，這整間店裡的妖魔鬼怪對她只有溺愛！

「拜託！妳知道我在追那本書……好嘛！拉彌亞對我最好了！」厲心棠越搖越大力！

「可是……」

「沒有可是！就占卜一下，以後妳讓我做什麼我都答應妳！」她人都巴上去了，緊緊抱住拉彌亞。

唉！拉彌亞皺著眉，臉上卻浮現寵溺的笑容，抬手壓著那抱著她的手，什麼都沒說，但厲心棠知道她盧成功了。

拉彌亞拉著厲心棠的手一起往樓下走去，那氛圍其實很美好，所以闕擎沒敢唐突上前，望著下樓的背影，一個削瘦修長身著西裝，一個T恤牛仔褲，還是給了他一種母女感。

拉彌亞對厲心棠是眞的好，他都能感受到眞愛，一個半人半蛇的妖怪，也能對人類付出如此眞心……每每想到此他都會莞爾，而身爲人類的他，倒是沒得到過所謂眞心的愛。

養父母如此，親生父母更是如此。

到了一樓大廳，這裡都是各種高腳小桌子，中間還有一區舞池，厲心棠便讓闕擎遠遠的待在小桌邊，拉彌亞一個人走向了舞池。

「你們等等都待著別動。」她回眸交待著，同時脫下西裝外套，裡頭是再正常不過的白襯衫；厲心棠抱著外套跑到闕擎身邊，食指擱唇上比了個噓，他們只要等待就好了。

「新的法器？」闕擎突然瞄向了厲心棠的頸口。

剛剛她倒在他懷裡時就露出來了，一條銀灰色的鍊子，圓墜圖案是生命之樹，看上去有點年代！

「啊？沒有啦！這普通項鍊，叔叔撿到我時就在我身上的。」她順手塞進衣領裡，「我昨天早上整理箱子時翻出來的，看起來有種復古感，搭衣服。」

「嗯，因爲都沒洗，氧化很復古。」他直接指出重點，銀飾要洗啊！

哼！厲心棠皺著鼻子哼了一聲，指指前方，不要吵拉彌亞占卜啦！

拉彌亞的頭髮非常非常的長，幾乎及地，但她總是束成一束長馬尾，那其實是蛇尾的僞裝，就在眨眼間她的頭髮突地變成蛇尾，唰地伸長到吧台那兒捲過一瓶紅酒，再以肉眼瞧不及的速度開瓶，接著拉彌亞原地轉著圈，蛇尾同時將酒灑在地上。

酒水灑濺了一地，拉彌亞以手接過酒瓶，她的尾巴卻在地上一陣掃動，越掃越快、越掃越快，快到幾乎都有殘影之際，戛然停止。

拉彌亞從容的朝著他們走來，那巨大的蛇尾已經變回了長髮，她的皮鞋在木板地上叩叩作響，闕擎尚在狐疑之際，只見她突然將手上酒瓶向後一拋——驚人的碎裂聲在一樓大廳裡迴盪，連厲心棠都忍不住掩起雙耳。

酒瓶碎片散落一地，拉彌亞旋身後朝著滿地瘡痍望去，還帶著點審視意味。

「距離不遠呢！」只見她端詳著那一地亂象，「在R區外圍的A市，河堤旁，我等等發定位給妳！」

「走！」厲心棠即刻拉了闕擎，就朝側門衝去，「我愛死妳了！拉彌亞！」

「小心點喔！」拉彌亞無奈的回應著。

但下一秒，拉彌亞眼神轉為凌厲的看向闕擎，他只能頷首；是是是，他會盡量保護厲心棠，她又不是他的責任，怎麼這屋子的妖魔鬼怪都要找他負責啦！

路過吧台邊時，他瞥見了一疊剛收進來的信，放在最上面的那信封讓他不得不多看了兩眼，順手抽走。

來到側門的甬道邊，厲心棠心急如焚的早就牽著腳踏車出去了，嘴巴還在碎唸著他們先騎到捷運站，坐捷運過去A市是最快的！

闞擎抬頭再看了上頭一堆人頭，他們同步避開眼神，他總覺得這幾顆人頭怪怪的。

牽著腳踏出出去，把門帶上時，他滿腦子還是剛剛拉彌亞那一通操作，就是「占卜」？

拉彌亞這麼神奇的神話人物，他原本以爲會有很神奇的占卜過程，至少發點光，或是有什麼憑空出現的東西……結果有點普通啊！

「哎唷，店裡禁止施法啦！」厲心棠一跨上腳踏車就笑了出來，「我知道你在想什麼！拉彌亞用的是傳統方法，但她占卜很準的！」

「喔……喔喔對了！」

「百鬼夜行」的店規就是在裡頭不能任意施法，否則那些魍魎鬼魅，不把到夜店狂歡的人類生吞活剝了嘛！

手機傳來訊息，拉彌亞已經把位置告訴他們了。

「惡魔法陣的位置……現在？」厲心棠看著手機倒抽一口氣，驚恐的望向闞擎。

那就表示在「現在」這刻可能有個孩子正面臨著生死關頭，被放在那法陣中獻祭！

「走啊！」厲心棠激動的猛踩腳踏車，直接往地鐵站衝。

闕擎只有嘆著氣，有時他會深切檢討，他是不是也是慣壞她的幫凶之一？

首都R區是整個國家的精華地帶，而「百鬼夜行」便是在首都中心；整個R區可以算是蛋黃區，往外擴便屬於蛋白區了，拉彌亞給的位置，算是在蛋白區，那兒也有河流！

河提均爲交通要道，住宅較散，相對的也比較偏僻，還有許多廢屋。

厲心棠在這條河也有熟人，有個水鬼就在這條河裡，之前河裡也發生不少事情，正是因爲地處偏僻又鮮少有人，所以才難以發現。

搭乘地鐵到了最近的站，還是得再騎共享腳踏車過去，約莫兩公里遠，兩個人騎在堤防上，看見岔路左拐，還眞的越騎越偏。

遠遠的，他們瞧見一排山坡上的房子，那排房子外表相當陳舊，多有破損，有幾間看上去連門都沒有，根本是荒廢的屋子了。

「那裡對吧?」闕擎皺著眉看向那排屋子，「妳騎慢一點，那邊很不對勁。」

「那排屋子荒廢很久了，當初用木頭蓋的，結果濕氣太重，木板潮濕長霉後大家就搬走了!」厲心棠倒是很瞭解，「後來有些街友會拿塑膠板或鐵皮釘上，當個住所。」

只是後來連地板都腐爛後，就漸漸的沒有人去住那兒了。

厲心棠應該是看不見，但在闕擎眼裡，有間屋子的外圍相當晦暗，甚至有模模糊糊的人影在徘徊，陰氣相當的重。

他拉住了她的龍頭，不建議把車騎到那屋子前，他們或許能提早停下，直接走過去;厲心棠知道自己沒有那麼敏感，也看出闕擎的緊繃，所以聽話照做，雖然她連哪棟屋子有問題都不知道。

「啊啊——啊——」

驚恐的慘叫聲從前方的屋子裡傳出，厲心棠嚇得立即止步，闕擎連忙反手把她塞到身後，看著圍繞著屋外的亡靈瞬間被屋子吸了進去!

「哇哇哇……」下一秒，嬰兒啼哭聲竟傳了出來!

「小孩!」厲心棠緊張的拉住闕擎的手臂，「有人正在施咒!」

「所以我們是不是更不該現在進去?」他面無表情的攔住她，因爲厲心棠都要衝出去了。

「現在不進去，就搶不回惡魔咒術書了！」她氣得甩開他的手，直接往前衝。

「厲心棠！」闕擎可不敢讓她一馬當先，誰知道裡面有些什麼！

架高的木屋只有三階階梯，闕擎及時搶在厲心棠面前踩上，不知道是否太用力，一踩就裂，連忙讓她小心，而女孩長腳一跨就往上去，急著就是要往裡衝。

裡面緊接著傳出了聲響，畢竟他們鬧出的動靜這麼大，裡面的人絕對聽見了！

闕擎推開門的瞬間，看見了對方的背影，狼狽的直接往屋子後方奔，而他們眼前的客廳地板上，正燃著蠟燭、畫著法陣，還有中間的嬰孩以及……旁邊一個男人！

「我去追那個人！」闕擎就要急起直追，身後就一陣猛拉。

厲心棠反而圈住了他的身體，雙手緊緊抱住，嚴肅的看著地面。

「別踏進去，這個陣是有效的！」她謹慎的低語，「你得繞開！」

「好！」闕擎聽著裡頭物品翻倒聲，長腿朝旁跨去，小心翼翼的不踩入法陣的任何一吋，扶著牆繞開了圓形的陣法。

眼尾餘光瞄向圓心的小孩，孩子已經不再啼哭，鮮血從小手腕內兩個十字切痕流出，已經溢流一地。

闕摯看見對方抓著包包的身影，正從一間房間走出！

「站住！」他順手抓過身邊櫃子上的東西，狠狠的就往對方後腦杓扔去！

「啊！」

對方疼得直接跌倒，闕摯目標倒不是他，而是他右手的包，撲上前就立刻拽住那個包，而那人飛快的收手，忍著疼，連滾帶爬的從屋子的後門衝了出去。

而客廳的厲心棠，謹慎的看著地上的法陣，法陣裡躺著兩個人，她小心翼翼的吹熄蠟燭，一個接一個，每次移動，都非常留意絕對不踩進法陣裡。

呼……法陣周圍共有七個蠟燭，每吹熄一個，客廳的亮度就暗下許多，但現在是白天，按理說天色不該會這麼昏暗，屋子前方也沒遮蔽物，厲心棠忍不住發顫的手也告訴了她，這一切不太對勁！

但是不吹熄，就無法解除陣法。

她終於來到法陣裡另一個男人的身邊，一進屋，屋子裡就瀰漫著一股臭味，臭味源自於地板上的男人，從他髒黑的手腳跟衣服來看，應該是位街友，而他的頭子已被割開，法陣應該是以他的鮮血繪製而成。

來到「百鬼夜行」的只有幼兒的亡靈，並沒有大人的，所以她不知道那是什麼咒，需要到兩個祭品……趴在地上，厲心棠吹熄最後一個蠟燭。

呼。

說時遲那時快，地板上的男人猛然伸手，緊緊抓住了厲心棠的手腕。

「哇呀——」

咦？聽見尖叫的闕擎緊握住包包，但他僵著身子不敢移動，因爲就在尖叫聲前一秒，整間屋子陷入一片徹頭徹尾的黑暗，暗到不透一絲光，現在是下午三點，破爛的房子根本不可能不透光！

腳步聲從左方傳來，闕擎慢慢的收了右手，把搶下的包包往自己身邊挪了點，然後單膝曲起，總是要準備一個適合跑的姿勢。

這間屋子很邪，來之前他就知道了，一堆好兄弟在這裡徘徊，現在朝他走來的應該就是其中一位吧？

赤裸的腳出現在眼尾餘光中，那是一雙又髒又滿是傷的腳，大小與粗糙程度像是男人的，就站在他的左前方，一動不動。

「井水不犯河水。」他冷冷出聲，「我們不是針對你們來的。」

對方還是沒動，但身後也傳來腳步聲，形勢像是被包圍住了……絕對不是兩三個而已。

「放開！放開我啊！」厲心棠的尖叫聲突然由遠而近，「哇啊！」

她才剛用腳踹斷了握著她的那隻手，慌不擇路的想找闕擎，結果經過櫃子時，好好的櫃子裡突然衝出了另一個亡靈，嚇得她一揮手又把對方給推了回去！

天花板倏地降下一顆血淋淋的頭，倒立的對方伸直雙手，立刻捧住了她的頭，厲心棠張開手掌，幸好法器早就放在掌心裡準備著，她粗暴的將掌心印上亡靈的額頭，亡靈嚇得立即退避。

『嘎嘎嘎——』

慘叫聲傳來，闕擎利用這瞬間一骨碌跳起身，早備妥的手電筒往前照去，一朝猙獰的臉朝他張嘴咆哮，他直接拿著手電筒朝對方照去！

『啊啊！不不不——』亡者驚恐得以手擋光，嚇得消散，闕擎即刻轉動手電筒向後照，才發現身後居然有超過四個亡靈。

足音朝他這邊衝來，闕擎在把那四隻亡靈逼走後，即刻收起手電筒，伸手攔住了撲過來的傢伙。

「哇啊！」厲心棠撞上了他，手心即刻朝他熨上！

「貼我沒用。」他平靜的說著，動手把頸子上戴著的一條唸珠鍊隨手拋了出去！

『唔不——』帶著驚恐的悶叫聲從這間屋子的四面八方傳來，下一秒，屋子裡恢復了光亮。

欸……厲心棠喘著氣看向就在自己身邊的窗，終於有光了！她一雙手還捧著闕擎的臉，戒慎恐懼的環顧四周。

「沒事了！喂！」他沒好氣的看著貼在自己身上的傢伙，「妳手裡那個傷不了人！」

「啊？」厲心棠正首，她的確正捧著闕擎的臉，這才釋出笑容，「你這樣也挺可愛的！」

闕擎尷尬的主動打掉她的手，再順道把她往外推了點，貼得太近了，髮香跟柔軟的身體，都會讓他有點分心。

女孩被推得踉踉蹌蹌，一邊哎唷一邊觀察著這屋子，經過剛剛那麼一遭，她現在看這間屋子都不對勁了。

「闕擎！」她趕緊跟上他，躲在闕擎身後拉著衣服，「你看天花板那團黑影……」

「這間屋子本來就到處是鬼！」他來到剛丟出的唸珠鍊旁邊，彎身拾起，「我剛搶到包了，妳看看有沒有那本書！」

一邊說，他一邊把一直沒鬆手的包扔給了厲心棠，她喜出望外的即刻原地翻起那個尼龍包，而闕擎則甩著唸珠鍊，走到了那法陣外圍。

陣內的街友靈體是與地板黏在一起的，他正在痛苦掙扎，雙手護著自己的頸子抽搐，重覆著死前的痛苦；他繞到街友身邊打量，頸子被割了一個很深的傷口，頸動脈應該是被切斷了，這法陣限制住他了啊！

「沒有！」厲心棠焦急的把包包倒過來，「沒有那本書！」

包裡的東西散落一地，闕擎回身看去，沒有什麼邪氣重的東西，就是普通的筆、護唇膏、一瓶藥，還有一些零錢、幾張皺巴巴的鈔票跟雜物。

「連手機都沒有……帶在身上嗎？連證件都沒有？」

「沒有！只有這些東西！」厲心棠眉頭緊蹙，「那本書隨身不離嗎？這麼謹慎？」

「不能確定一定是那本書……」

「確定！」厲心棠斬釘截鐵的打斷他，「我知道惡魔書是什麼，那個法陣就是惡魔的！」

他眞不喜歡她這麼肯定的說法，因爲厲心棠的養父是惡魔利維坦，她所學的知識一般不會錯。

「那這一屋子的鬼，跟那個法陣有關嗎？」闕擎指了指整間屋子，「這麼多個，都被束縛在這裡，可如果店裡的孩子都跟這個法陣有關，孩子爲什麼能前往百鬼夜行？」

厲心棠忽地一怔，接著緊張的張望，屋子裡到處是黑影，那些亡者像是埋在牆裡似的，隨時都在移動，也隨時都會冒出來。

「因爲他們……才是祭品！」厲心棠一副恍然大悟的樣子，「我不能確定那個法陣是什麼，但是這些人如果是祭品，就會被綁在這裡！」

換言之，那死在陣法中間的孩子，並不是祭品！

「我聽起來更不妙了，嬰兒不是祭品，街友才是——那這是什麼法陣？孩子是拿來做什麼的？」闕擎開始頭疼了，「我剛剛應該抓住那女人的！」

厲心棠吃驚的望向他，「女人？那個施咒者是女人？」

闕擎肯定的點點頭，「黑色長髮卷，我沒看到她的臉，但身形絕對是女的！」

如果是女性，一般來說怎麼可能對孩子下手？厲心棠望著地上的嬰孩屍體，神情越來越難看。

她一那樣，闕擎就覺得沒好事！緩緩伸出手，在她皺起的眉間彈了一下。

「噯！」她吃疼得後退，撫著額，「幹嘛？」

「先別想那麼多，先報警吧，好不容易發現屍體了，總要解決！」闕擎催促著，「而且讓警方來鎮一下這些陰氣。」

厲心棠嘟起嘴，拉過自己的包包，「找誰？章警官又不在了！找那個蔡平昌喔？」

「嗯，找啊！」闕擎揚起一抹冷氣，「還可以看看他的本事！」

厲心棠會心一笑，明白了闕擎的用意，從包包裡要拿手機時，跟著掉出了闕擎剛剛塞進她包裡的信封。

「這什麼……闕擎收？你的信？」厲心棠認眞端詳了信封上的字，「咦？這是寄到店裡給你的！怎麼會？」

闕擎一把抽過信封，他剛剛就是在櫃檯上偶然瞥見自己的名字才奇怪的！

「我也好奇，爲什麼有人會把我的信寄到你們店裡？」

這世界上，有幾個人會知道在「百鬼夜行」找他？

因爲沒有感受到威脅，所比闕擎很乾脆的打開信封，頗有份量的信封裡有個文件夾，裡面有一疊文件，以及一張簡單的便箋。

闕擎打開信件閱讀，厲心棠在允許下抽出了那迴紋針固定的文件，不由得瞪圓了眼睛。

「闕擎……這是……」她隨手將其中一份文件轉過來，「是店裡的孩子！」

闕擎瞥向了紙張，上頭是孩子稚嫩的相片，還有個失蹤日期、姓名、背景資料，以及所有特徵——那是失蹤人口的文件！

厲心棠一張接一張翻閱，幾乎確定了手上這疊失蹤的孩子，全部都跟店裡的亡者吻合，更可怕的是……厲心棠緊張的數著文件的張數，惴惴不安的抬頭看向了闕擎。

「幾個？」

「這裡有二十四份……」她瞥向地上的屍體，「如果加上他，可能二十五……」

但店裡只有十七位。

「信是兩天前寄的，說不定有失蹤還沒報上來的！」闕擎無奈的嘆口氣，「數字只會多、不會少，那些沒到『百鬼夜行』的靈魂，可能只是找不到路而已。」

照現場的儀式看來，在割斷腕動脈後，根本沒有一個孩子會活下來。

他把便箋遞給厲心棠，她不用看也知道，寄信來的人是誰。

章警官。

第四章 遺落物

最近各區失蹤案頻發，不只是孩子、也有大人，都是社會邊緣人，還有更多無人報案的。我現在不在一線，別主動聯絡我。程警官的死不需深究，很快就會有人去找你，小心你在意的人。

Z

闕擎在腦海裡默默背了一次便箋上的文字，在警方抵達前他就把便箋燒了，厲心棠負責把文件藏好，因爲如果蔡平昌是接替程元成的人，那他們的權限便非常大，可以強硬搜身會搜包……而他總不能因爲一點小事，就讓他們自殘至死對吧？

望向十一點鐘方向，至少五公尺遠以上的厲心棠，她正在那兒做筆錄捺手印，這都是爲了排除他們在現場留下的跡證，也是迫不得已，只是他有種愧疚感，終究還是把她拖下水了。未來警局系統裡，就有她的資料了。

現場來了許多警察與鑑識人員，封鎖線已經圍上，因爲死者有一個可能才六個月大的嬰孩，現場氣氛變得相當低迷。

「地上畫的那個是什麼？」蔡平昌走了過來，直接就問。

「不知道，我還等你們告訴我。」闕擎回得直接，「那是用血液畫的嗎？」

蔡平昌點了點頭，「你們爲什麼會跑到這個地方來發現這個命案？」

這說詞他跟厲心棠早就套好了，他們就是到這兒逛逛，他們平時就很常到這兒，結果卻聽見了慘叫聲。

「聽見男人的慘叫聲後，我們嚇得不敢再騎，所以才把腳踏車扔在比較遠的地方，小心走過來看。」闕擎頓了幾秒，「應該是那個街友。」

「那名死者的血的確流光了，畢竟頸部被切開，不過……你知道一般人如果聽見這種叫聲，是會立即逃離並且報警的嗎？」蔡平昌冷冷一笑，「你們卻堂而皇之的進入！不但破壞命案現場，還讓凶手逃了！」

「說得好像我們立刻報警，你們就能抓到凶手似的！」闕擎一臉輕蔑，「這麼厲害的話，要不要先找找失蹤的同仁？」

「你——」這句話準確點燃蔡平昌的怒火，他雙眼變得凶狠，掄起拳頭高舉，似乎就要一拳揍下。

一旁的同仁也露出殺氣，反而是其他非蔡平昌隊伍的轄區警察們一臉困惑。

「喂喂喂……怎麼了？」他隊的警察走了過來，「發生什麼事了？火藥味這麼重？」

闕擎聳了聳肩，「這位警官對我們擅自進入屋子有點意見，但我們是看見嬰兒才急著想進去的。」

蔡平昌雙眼帶著殺氣，但還是忍了下來，闕擎非常熟悉那樣的眼神，上一個負責監視他的程元成就是如此，畢竟身爲警察，他們是無法忍受同仁一個接一個的失蹤或死亡的。

調解的警察沒敢離開，他們總覺得這裡氛圍太詭異，所以刻意站到旁邊。

「指紋、鞋印都記錄了嗎？我來吧！」

「不必！我來處理就好。」蔡平昌即刻阻止，「闕先生都是由我負責的。」

蔡平昌乾脆引導闕擎到另一台車子旁，別的不說，鞋印是必定要記錄的。

「指紋那些都不必了，我想你都已經有我所有的資料了。」闕擎聽話的任鑑識人員採集鞋印，「凶手是個女人，我應該有揪到她的頭髮，現場採證時看不能查到她是誰，之前是否出入其他發生失蹤案的地方……」

「我不關心那些。」

蔡平昌直截了當的說出了他的眞心話。

闕擎默默的看著他，看著鑑識人員拿著他的鞋按壓，他還眞沒想到，蔡平昌一點都不遮掩。

鑑識人員感受到氣氛的怪異，他趕快把鞋印採集後，火速離開了現場。

「聽起來你應該只關心我吧！」闕擎倒也不遮掩，「別忘了上一個很關心我的程警官，下場不是很好啊！」

「程元成帶了太多私心，一開始就不該讓他負責你，畢竟他的孩子的死亡跟你有關。」蔡平昌開門見山的說，「至於我，你到底是什麼怪物我不太在意，我只要聽令行事就好。」

「我最近有空，要不要請你上司直接跟我聊聊？一直找人跟我，也是在消耗人是吧？」闕擎露出一抹得意的笑容，「再這樣跟下去，你得招新了。」

提到同仁，蔡平昌的神情就變得異常難看。

「你對我們的人怎麼了？程元成隊上的人至少失蹤了三十人、六個死亡，都是你搞的嗎？我們都是聽令行事，別爲難弟兄。」

剛剛還說程元成情緒化，他應該聽聽他現在的語氣，闕擎略帶得意的笑著。

「明知道我是怪物、又這麼在意弟兄的話，就不要再跟著我，畢竟沒人喜歡被跟監，是你們先惹我的！」闕擎穿好鞋站直身子，「不管是誰，儘快找我談，不必在背後做小動作。」

他連一步都沒跨出，蔡平昌就拉住了他，「你到底是什麼？」

闕擎差點沒笑出來，他那雙深黑瞳眸望向蔡平昌，都這麼多年了，他們也沒查出個所以然啊！

「跟了我這麼久，除了知道我身邊滿是滾動的屍體外，你們還會什麼？警察盯著這樣的我又是爲了什麼？」闕擎搖了搖頭，「好好顧及你的本業吧，身爲警察，該好好的注意這起案子，一個街友、一個嬰兒，擺在眼前的是兩條人命，沒查到的天曉得有多少條命！」

「那是普通警察負責的，我們看的是家國天下。」蔡平昌在他手上加重了力量，「你別囂張！人都有弱點的，你也有。」

他？闕擎皺眉，才想洗耳恭聽，結果蔡平昌卻大方的轉頭，遙望向正在做筆錄的女孩。

厲心棠？他的……弱點？

「哇喔！」闕擎一時不知道該說什麼，只能發出讚嘆音。

他是不是應該佩服蔡平昌的勇氣？現在警方是打算拿厲心棠來威脅他嗎？怎麼威脅？拿槍抵在她頭上？找「百鬼夜行」麻煩？不管哪個，他居然都不會擔心耶！

蔡平昌給他一個走著瞧的眼神，這才鬆開了手。

闕擎想問問現場的事，但其他警察或鑑識人員都緘口不語，畢竟偵查不公開；等到厲心棠也做完筆錄後，他們兩個便火速的被請離命案現場，但又不忘被交代隨時得配合調查。

「你們那邊好凶，殺氣騰騰的。」一上腳踏車，厲心棠立即就開口，「我看那個蔡平昌一副想把你生吞活剝似的。」

「他是挺想的。」闕擎也沒否認，「妳呢？有遇到什麼刁難嗎？」

「沒有，就是例行問話，不過問了我很多店裡的事，有種既視感。」她咕噥著，因爲他們之前才被警方找過麻煩，一會懷疑他們私藏通緝犯……就是闕擎，另一會又說他們消防法規不合格。

幸好有拉彌亞，一切都是兵來將擋、水來土掩啦！

闕擎原本想開口讓厲心棠留意，最近可能會有人找她麻煩，但話到嘴邊說不出來，先講了就怕這傢伙會衝動行事去挑釁，倒不如順其自然好了。

他們騎著腳踏車就往河邊去，遠方自然有人拿著望遠鏡在盯著他們，只可惜這邊也是厲心棠的地盤，闕擎什麼都不擔心，跟著她就是。

車子隨意停下，厲心棠逕自前往河邊，他們找了處離水最近的地方，厲心棠拿起石子，率性的打起了水漂，啪、啪、啪、啪！

石子在水面上打出陣陣漣漪，但是當這些漣漪散去時，水底下卻噗嚕嚕的冒出了水波，更大漣漪震盪，緊接著一顆頭冒了出來。

清秀男孩冒出水面，蒼白的臉龐再再顯示出他不是人，男孩極快的游到岸邊，接著從水裡拿出了那個信封——她剛把信交給水鬼？

「這都泡在水裡？」闕擎吃驚的看著那信封，「裡面不就……」

「我用氣泡裹住了。」男孩燦爛的笑著，「好久不見，闕擎哥哥。」

「好久不見！明翰！」闕擎禮貌的打招呼。

明翰是在這條河自殺的少年，死後變成水鬼，現在算這條河的地頭蛇了。

「又出事了嗎？最近很不安寧，你們少來這裡吧！」明翰說得一副很熟悉的模樣，看向了遠方的房子，「陰氣衝天的，我們連那排房子的就近的河岸都不敢靠近。」

「你看到些什麼嗎？」厲心棠焦急的問，地頭蛇一定最清楚吧！

「邪氣，那不是我們該碰的，還有許多死者被困在那屋子裡，他們慘死在那邊卻離不開，應該是魔。」明翰顯得有些害怕，「已經很多次了，而且會有被詛咒的血流進河裡，都是凶手洗凶刀時流下的，而那個血都在汙染我們的河。」

「你知道是誰嗎？」闕擎追問。

明翰用力搖了搖頭，「不知道、不想看，因為那是惡魔，河裡大部分都只是淹死的普通水鬼，碰不得的。」

「對，別碰！最近離岸邊遠一點。」厲心棠也深表贊同，「眞的有危險時你要通知我，我會幫你的。」

「嗯。」明翰一臉憂心忡忡，潛入水裡後就消失了。

闕擎以身子擋在厲心棠身邊，讓她把信封塞進包包裡，兩個人再跟沒事人一樣牽腳踏車離開；遠遠的蔡平昌始終觀察著，只見那兩個人到河邊玩水漂，接著不知道在聊什麼。

「你今天回店裡住嗎？」在捷運上時，厲心棠有點期待的問著。

「不回，我最近的狀況不適合回去。」他話都沒說完，就看見失望的神情，「妳不是也忙，那些孩子就夠妳頭疼的了。」

「我想你在。」她睜著那雙眼睛看著他。

闕擎有點無奈，望進那雙楚楚可憐的眼睛裡……這傢伙還眞的雙眼含淚了，不得不承認，看見她那副模樣，他就是會心軟。

「我是不是錯覺？我覺得妳最近的表達越來越直接……」

「我喜歡你，你也喜歡我，爲什麼不能直接？」厲心棠果然理所當然。

闕擎倒抽一口氣，僵硬的看向她，「妳是不是會錯意什麼？我沒有說過我喜歡妳。」

「對啦對啦，你沒說過！我又不傻！」厲心棠勾起嘴角，「你別擔心叔叔他們，叔叔都讓你住到我們家了，應該代表贊成我們交往的。」

闕擎下意識再退了幾步，「交往？」跳得太快了！

「嗯。」厲心棠再度逼近，「你怎麼不能坦承一點呢？難道你一點都不喜歡我嗎？」

被那雙水汪汪的大眼睛看著，即使身爲黑瞳，闕擎也覺得難以招架的別開視線……他的心跳好像又開始不太受控制了。

「現階段我沒辦法思考這個問題，妳知道我是什麼異類！」他閉上眼，「我有很多事要煩惱，我身邊都是麻煩跟屍體，很久以前我就知道我只適合一個人生活，而且……」

「你只是個都市傳說而已。」厲心棠大膽的捧住他的臉，直接轉了過來，「但我的養父是惡魔利維坦，我家開的店裡有吸血鬼、狼人、雪姬、長頸怪、天邪鬼，還有各種妖魔鬼怪。」

闕擎看著過近的她，蹙眉皺得更緊，「我不是都市傳說，我還是個人類，我只是擁有……那樣的能力。」

都市傳說裡，有位黑瞳少年，傳說中他有一雙只有黑色瞳仁的眼睛，時常在半路攔車，而載他的人一旦看見那雙眼睛，就會被帶往地獄。

闞擎的有點不一樣，他跟一般人沒兩樣，但必要時可以讓黑色瞳仁佈滿眼眶，而且他擅長的是：讓人們自己前往地獄。

「我無所謂，我喜歡的是你這個人，喜歡你的靈魂。」

「說得容易，妳不知道我過去……」殺了多少人。

厲心棠回得乾淨俐落，「就算你是連續殺人犯，我也喜歡你。」

「厲心棠！妳別無理取鬧！」

「誰無理取鬧了？我的家人們可是每天都在吃人的妖魔鬼怪耶！厲鬼出了店外要怎麼殺我們也不管的啊！」厲心棠回得理直氣壯，「我怎麼會在意你那微不足道的豐功偉績。」

闞擎不得不深吸了一口氣，「……正常人不會把那些當作豐功偉績，妳這三觀有問題。」

「用我們店的三觀來說，這再正常不過了！你讓小德不吸人血？阿天不吃靈魂？」她倒是一派輕鬆，「你不要老想著人類那些規條道德，我不是在那個環境長大的人。」

但妳是人類啊——這句話闕擎沒說，被鬼養大的孩子，她世界裡的眞理，就是妖鬼世界的準則。

更別說，她養父是惡魔啊！惡魔之道更禁不起推敲。

可是不知道該怎麼形容，闕擎心底是相當感動的。

有這份能力不是他所選的，出生以來遭遇的痛苦也不是常人能理解，他手上沾的鮮血洗也洗不盡，但是厲心棠卻從未將他視爲怪物，不在意他黑瞳能力，甚至不在乎他一路上殺了多少人。

他們或許眞的很合適。

「我回醫院。」他們方向相反，闕擎提出告別。

「只要你有需要，隨時跟我開口。」分別前，厲心棠用充滿粉紅泡泡的眼睛看著他。

「嗯。」他點了點頭，「謝謝。」

「我喜歡你。」她總是不厭其煩。

「說過了。」

她笑著，突然回身，踮起腳尖就吻上了他的臉頰。

闕擎措手不及，石化般愣在原地。

「就喜歡你。」好話可以說很多次。

厲心棠羞紅著臉，跳上腳踏車疾騎而去，眼看著就快六點了，「百鬼夜行」即將開店，她得快點趕回去~嘿嘿，她開心得哼起歌來了。

闕擎目送著她的背影，發現自己嘴角掩不住笑，耳根子有點熱……他也喜歡她，所以——

他從口袋裡摸出了一條鍊子。

他在抓住那女人的頭髮時，一併揪到了項鍊。

闕擎低眉張開手心，那是一條圓墜項鍊，上面是生命之樹的圖案。

與厲心棠最近挖出來那條一模一樣。

兩根指頭放大再放大，厲心棠專心的看著手機裡的照片，她覺得自己在哪兒看過這個東西，但就是想不起來。

「今天好閒。」

頭破血流的車禍鬼遞來一捲雞肉捲，厲心棠抬頭說了聲謝，趕緊從他那斷骨穿出的手中接過！今晚的客人的確不多，尤其過午夜後，人數驟減，難得清閒。

「你還沒想起你是誰啊？」厲心棠撕開包裝紙，大口咬下。

這位車禍鬼已經到「百鬼夜行」好幾個月了，但死亡瞬間衝擊太大，所以他記不得自己是誰，其實連怎麼死的他都沒印象，之所以確定他是車禍鬼，是因爲他那顯而易見的死狀。

「好像也沒很重要，在這裡也不錯。」車禍鬼木然的說著，沒有過去的亡魂，連歸屬之地都沒有。

淡淡的香氣傳來，人都還沒走進來，厲心棠就揚起了微笑，金髮的外國男人優雅的端著粉紫色的飲料進入，她開心的接過。

「吃慢點，客人不多不必趕。」德古拉說話的嗓音永遠那麼好聽。

「你忙得很啊，我看你吧台滿滿的都是人。」

全是傾心於德古拉的女人們，她們與德古拉說笑、調情，人人都知道「百鬼夜行」的Bartender是難見的美男子，她們或希望一夜繾綣、或希望成爲情人——但很遺憾的是，她們最後終將成爲吸血鬼的食物。

「所以來喘息一下。」德古拉朝車禍鬼瞥了眼，亡魂識相的走了出去，繼續招呼客人。

厲心棠順手把手機遞前，讓德古拉瞧瞧上面的照片，「我總覺得這很面熟，你看過嗎？」

德古拉掃了眼，動手把照片縮小到原本的大小，才發現那是個胸章。

「找這個做什麼？妳什麼時候喜歡胸章了？」

「不是啦！我不是在找那些孩子的死因嘛，我找到了……差一點點抓到下咒者，這是她包裡的東西。」

在警方來之前，厲心棠把每樣東西都拍下來了。

「妳找到了？還差點遇到凶手？」德古拉倒是驚訝，壓低了音量，「拉彌亞知道了嗎？等等她知道又要緊張了。」

厲心棠只能乾笑，「她知道啦！因爲是她占卜到惡魔法陣的位置的！」

德古拉又是一陣錯愕，拉彌亞幫厲心棠占卜？他本想講些什麼，但旋即聽懂厲心棠剛剛所說的，拉彌亞只是占卜惡魔法陣，並非直接幫她——這樣應該不算觸犯店規。

「所以那些孩子是祭品？又是那本書在作怪嗎？還眞難纏！」德古拉把手機還她，「這種胸章外面一堆，僅一個圖案跟縮寫，妳試著以圖找圖了嗎？」

「找過了，沒有！哎！」她突地打直手臂，朝著德古拉張開手掌，「停！不要跟我說什麼不要犯險這種話，都死一堆小孩了，重點是那本書一定得快點找回來！」

「我又不是拉彌亞，我才不會阻止妳做事呢！」德古拉失笑出聲，「全店就妳一個人類，妳愛做什麼就去，又犯不了店規。」

他正在說著，後面卻傳來一股冷冽殺意，德古拉倒沒收起笑容，只是眼尾朝後瞟了瞟，再看向厲心棠。

「對，她在你後面。」她忍著笑，拉彌亞願意的話，走路是不會有聲音的。蛇尾移動時音量很低的嘛。

德古拉回身，朝著拉彌亞戲謔的笑笑，他向來覺得拉彌亞對棠棠保護過度了。

「我覺得對方不具威脅性，才讓她去的，只是個施咒的人類……」拉彌亞邊說邊看向厲心棠，「其實我是沒想到你們提到時，對方居然還在！」

「在也沒用啊，沒抓到！搶到了包也沒搶到那本書！」厲心棠再把手機遞上前，每個人都問問，看有沒有人對這個有印象。

拉彌亞瞥了眼，搖了搖頭，「這種胸章多半都是學校或社團的吧！看起來跟動漫或藝人無關，上面還有縮寫……」

厲心棠凝視著拉彌亞，喃喃出聲，「學校……對啊！這可能是校徽什麼的！」

「但妳以圖找圖不是沒有？」

「年代可能很久啊，或是已經不在了，例如在網路發達前就消失的學校！」

厲心棠接過手機，也望著那縮寫想像，「τγ……一般學校會怎麼取？」

她突然一頓，然後掐緊了手中的手機。

「該不會是太陽吧？太陽幼稚園？」她突地迸出這兩個字，「對，我等等用這個試試看！」

「棠棠！」拉彌亞拉住了她，「這案子不是有警察在調查了，妳不要去干預，尤其——現在盯著闕擎的那些警察，妳少接觸爲妙，他們比程元成更令人不快。」

「等警察太慢了，不知道還要死多少人，對方是在施咒耶——對了！」她趕緊滑到下一張照片，「你們認識惡魔的法陣嗎？」

她才想拿給德古拉看，美男子已經走了出去，他們吸血鬼一族，是獨立族群，與那什麼天使惡魔不相關，也不想相關！厲心棠即刻再往右轉，撒嬌的把照片Show給拉彌亞瞧。

照片是一個不正的圓形法陣，四點鐘方向蜷縮著一個人，圓心則躺著一個臉色發白、被綁成大字型的嬰兒。

「我不可能懂這個的。」拉彌亞幽幽的說著，她曾是海神之女，利比亞的皇后，再怎樣都不可能去接觸與惡魔相關的一切。

「但妳是百鬼夜行無所不能的經理！」厲心棠又開始灌迷湯了，「妳跟叔叔這麼好，又能掌握每晚來的非人類客人，妳一定知道！」

拉彌亞無奈的嘆息，「我現在當然知道，至少都有接觸，可是這是惡魔的法陣啊，我不可能去學，因爲我不需要——啊，惡魔學的話……」

「唐姐姐嗎？」厲心棠也立即想到了，「叔叔說過，他有教他們惡魔文字！」

「倒是可以問問他們……不過，我相信老大不會教他們那種法陣！」拉彌亞對這點倒是很肯定的。

雖然老大是惡魔，但選擇在人界開店、撫養人類孩子，就表示他不是嗜殺的惡魔了。

厲心棠敷衍的點著頭，根本有聽沒有進去，她看著手機裡的照片，在廢屋裡被那些被困住的街友們拖住抓住時，她能共情到他們的痛苦與恐懼，他們才是祭品。

那麼正中央的嬰兒又代表什麼？她不由自主的抬頭往二樓看去，死了這麼多孩子，那個女人到底是爲了什麼？

心滿意足的放下筷子，闞擎端起茶水一飲而盡，看著眼前盤盤皆空的佳餚，他很久沒有這樣飽足一餐了。

「不必謝。」眼前的男子忍不住笑，「你好像餓很久耶！」

闞擎笑得無奈，「也不是餓很久……就是都隨便吃，因爲一點都不想外出，嗯……」

「因爲有人跟對吧？」男子身邊的女人拿起餐後水果的西瓜咬著，「所以特地幫你安排了這個密閉包廂！省得被人打擾。」

闞擎看向這十人包廂，也就他們三個人吃飯，但是沒有窗子便隔絕了所有可能的監視，他的確才有這難得放鬆的時機。

「你其實可以去百鬼夜行啊？還是不想拖累他們？」女人好奇的問，得到闞擎肯定的頷首。

「這不是你想不想的問題吧！你跟厲心棠的關係，隨便查都查得到，警察鐵定會找他們麻煩的！」男子一針見血的舉例，「雪女2號事件時，不是就找過了！」

「就是因爲之前有過了，我不希望再來一次，夜店我是不怕，裡面全是牛鬼蛇神……但不想拖厲心棠下水。」他沒好氣的搖著頭，「畢竟她是唯一的人類，人對付人啊，手段可比妖魔鬼怪厲害多了。」

對面的俊男美女是極具個人特色的那種，男的看上去像菁英份子又斯文儒雅，女人是清秀與颯爽並存，兩人相視一笑後，女人從包裡拿出了一個B5大小的信封。

闕擎看著那只信封，倒是不意外。

「無事不登三寶殿，一大早到我醫院來我就知道沒好事，還請吃飯……」闕擎望著那信封，倒是感受不到什麼。

「別以小人之心度君子之腹喔，我們可是免費幫忙的！」男人嘖嘖的搖著手指頭，「不過如果你院裡的精神患者有說出什麼特別的事，記得跟我們交換一下情報就好。」

他醫院的患者？闕擎挑了眉，他擁有一間精神病院，裡面專門收容特殊的精神病患者，有重刑犯、精神分裂、多重人格及反社會人格等等，但是大多數的人——體內都有其他靈體在。

絕大多數是惡魔，他們的行爲是因爲惡魔操控，自言自語其實是在跟惡魔說話，但現在惡魔們全數被封印在人類的身體裡，而這些人類被他控管在精神病院裡。

惡魔們不甘寂寞，他們只能等待人類肉身死亡，沒事就會在病房裡吱呀亂叫，但偶爾他們的確能感應到外面即將來臨的風暴。

闕擎接過信封，其實惡魔的事若不是情非得已，他也不想碰，眼前這兩位唐家姐弟算是職業驅魔，而且對惡魔有一定的瞭解，認識他們後眞的輕鬆很多。

信封很薄，但有些重量，闕擎狐疑的打開卻沒瞧見裡面有東西，將信封倒過來，底部的金屬物便滾到了他的掌心。

一枚子彈，闕擎詫異的看向他們。

「這子彈配的槍隻，射程一點二公里。」唐大姐神祕一笑，「能從古明中學隔壁的公寓，一槍打到禮堂，輕而易舉。」

闕擎當下倒抽一口氣，這是殺死程元成的子彈？

「不用謝乘以二，這是我們一個駭客朋友找到的，她拿這個當下飯趣事，但我們聽見後認爲你應該會感興趣。」唐小弟擺擺手，大方的咧。

「我知道他是被槍殺的，但，是誰？」闕擎瞇起眼，「你們連開槍位置跟子彈都知道，別告訴我不知道是誰！」

「還真不知道是誰，但是所屬單位倒是可以告訴你。」唐大姐挑了眉，「那位程警官至死大概都很難相信，會死在自己人手上吧！」

闕擎表情沒太大波瀾，他本來就有此懷疑，只是得到證實而已。

「除了他之外，還有另外一組在監視我嗎？」闕擎把玩著子彈，「但他們有很多方式可以阻止程元成，直接下令就好了，爲什麼會……」

「闕先生，狙擊槍都架著了，我也不知道瞄準鏡對準的是誰。」唐小弟意在言外，「瞧你多搶手！搶手到他們不惜槍殺自己人，也要阻止他殺你。」

闕擎眼神沉了下去，「很搶手」這句話，竟是那麼的熟悉。

「要我說，你可比『百鬼夜行』複雜多了！」唐恩羽倒是說到重點，「對了，有沒有惡魔咒術書的下落？」

「沒有，對方可能隨身攜帶。」闕擎把子彈收進了口袋裡，「你們有辦法回收那本書嗎？我現在對那本書有點感冒，眞的是一波接一波。」

「我也想啊！但是每個擁有者都死命的保護它。」唐恩羽眼裡閃過了不悅。

人類的貪念，總是一而再再而三的護著那本書。

叩叩，叩門聲起，闕擎下意識的把信封往桌下藏，當厲心棠的頭探進來時，他立刻鬆了一口氣。

「嚇我！」

「哇，你們居然約吃飯喔！」厲心棠一進門，二話不說就把一張紙擱在桌上，「幫我看這什麼！」

她自然的挨到闕擎身邊坐下，直接倒了杯水先灌。

「吃了嗎？」

「吃了！他們還交代我吃飽再出來的！哼！」她噘起了嘴，「原來是你們要先偷偷約會！」

唐家姐弟湊在一起看著那張紙，上頭是命案現場的照片，他們皺著眉把那張紙翻來覆去的，最終搖搖頭。

「這就是這次施咒的法陣？」

「對，我想知道這是什麼咒？爲什麼要針對小孩？」

「我們不可能知道的，沒學這個……妳叔叔沒讓我們學。」唐玄霖說得理所當然，「眾所周知，向惡魔索要願望是要付出對等代價的，我們怎麼可能學這些！更何況……那本書是刻意要蠱惑人類的吧！」

「呿！我還以爲能知道咧！我現在連眞正的目的都搞不懂，而且對方每次施法都是全死的狀態。」

「有沒有可能是……失誤？」唐恩羽提了一個論點，「她的咒語沒有成功，或缺乏了什麼因素，總之很多原因，才讓她一再嘗試。」

厲心棠聽了直皺眉，「看來得快點找到那個女人是誰，事不宜遲，走吧！」

她拉著闕擎就要站起，闕擎完全錯愕。

「去哪？」他踉蹌的站起來。

「我不是拍了那女人包裡的東西嗎，那個胸章大有來頭！」厲心棠得意的揚起笑容，拖著他就往外走，「你們請客喔！保持聯絡！」

她焦急的帶著闕擎離開，身後還傳來包廂裡的呼喊：「那本書拿到直接打給我們喔！」

才不要。

如果她真的找到那本書，她要燒掉，任何人類都不該擁有那種東西。

闕擎今天是開車出來的，厲心棠妥妥的繫好安全帶後，就開始設定目的地。

「我們究竟要去哪裡？」

「太陽幼稚園。」

第五章 失蹤者

「那個幼稚園，在二十五年前曾發生意外，死了幾十個孩子——那個胸章，是那一年校慶的紀念物。」

按下輸入，導航開始。

二十五年前，有個瘋狂的家長突然把孩子鎖在體育館裡，她先冷不防地殺了兩名老師，接著就與警方對峙，對峙的過程盡顯瘋狂，她不停的說那些是她的孩子，是老師們阻止她與孩子在一起。

警方一開始怕孩子有性命危險，所以不敢貿然攻堅，但是當體育館竄出黑煙時，就已經來不及了！那位家長用許多東西堵住了所有門窗，窗戶略高且小，瘦小的警察才能爬過去，火勢太快也太凶猛，警方來不及進去，只能聽著孩子的慘叫聲此起彼落，而消防隊員也只能火速拉起水線。

破門而入時爲時已晚，大火已經吞噬了所有一切。

四十八名孩童、兩名老師與瘋狂的家長全部罹難，無一人存活；而經過鑑定後也證實了，即使警方能在第一時間破門救人，只怕也救不出幾個孩子，因爲那名家長在所有孩子身上都潑了汽油。

每個孩子都是火源，她只要點燃打火機，火勢便會一發不可收拾，每個孩子都無法倖免。

『啊啊啊啊啊——』

厲心棠打了個寒顫，她彷彿已經能聽見淒厲的慘叫聲，眼前是已拆除的廢墟，雜草叢生，但殘餘的鐵皮與支架還在，依稀能看出體育館當初的大小。

幼稚園的體育館能多大，大概二十坪見方而已。

隔壁的教室已經破敗，但牆上的焦黑依舊存在，廣場上被歲月與雨水腐蝕的遊樂器材始終矗立著，那整片幼稚園範圍已成悲涼的廢墟。

「我不是很舒服……」她朝闕擎靠近了幾步，「比小狼以前那個孤兒院還可怕！」

「妳都不舒服了……就知道這裡有多陰了。」闕擎嚴肅的環顧四周，難怪二十幾年過去始終沒有重健，有時人們還是很冰雪的。

怨氣沖天，尤其是體育館的廢墟，在他眼裡，是沖天的黑氣，還有許多影子隱隱約約的在裡頭，甚至有小小的孩子在裡面奔跑。

沒有全部離開嗎？都二十幾年了啊！

「妳有查到那個家長爲什麼會這麼瘋狂嗎？」闕擎拉著她往後幾步，因爲他覺得這裡的亡魂注意到他們了。

「有位媽媽的孩子失蹤了，但大家都認爲是她害死自己的孩子，警方也懷疑她，畢竟她的說詞太過瘋狂，最後也真的瘋癲，一直說是學校藏了她的孩子。」

厲心棠突然勾住了他的手，「裡面有一張臉！」

昏暗的雜草後方，遇有一張死白的小臉正望著他們。

「一張？」闕擎簡直無力，「妳客氣了。」

「咦？」厲心棠都傻了，不、不、不然是有幾個啦!?

小小的孩子從遠處緩緩走出來，他們的活動範圍都還在舊體育館的區塊內，闕擎看著天真的孩子看起來挺正常的，就是臉上帶著點灰。

『可以吃點心了嗎？』男孩跑到一半停下，直接的看著闕擎。

他們知道他看得見。

『我想吃糖果！』另一個女孩也走了過來，手上拎著一個像洋娃娃的東西，一路拖過來的！

『什麼時候可以回家？阿公來了嗎？』另一邊也跑出蹦蹦跳跳的男孩。

但是他們都是前進到某個地方就停了，體育館的門。

突然間後面有什麼東西出現，孩子們驚恐的回首，接著鳥獸散般的到處躲藏，而身影未現，卻傳來了輕柔的呼喚聲。

『小寶……小寶，你躲到哪裡去了？出來啊！』

厲心棠瞪大了雙眼，看著一雙腳若隱若現的憑空出現，接著是膝蓋、大腿，然後那半透明的人越來越清晰，直到化成一個……披頭散髮，但臉上帶著溫柔笑臉的女人。

『媽媽在這裡……你快點出來好嗎？』女人悲傷的皺著眉，張開雙手像在搜尋著，『不要再躲了，媽媽真的很想你啊！』

「她也還在？」厲心棠緊緊揪著闕擎，「那個媽媽……」

「妳也看到了，表示她很執著。」闕擎搖了搖頭，「燒死這麼多人，至今還在找孩子！」

更可憐的是，這些沒走的孩子亡靈，在這裡恐懼的躲藏，等待家屬來接他們離開，也等了二十五年！

「我也覺得她的孩子不是她殺的。」厲心棠心跳得很快，「我想……進去看看。」

闕擎詫異的低首看向她，厲心棠回以肯定的目光，可以感受到亡魂情緒的她，有些事想確定一下。

「雖然現在沒有殺傷力，但這整片土地都是怨氣，可能是小孩子找不到回家的路，也可能是媽媽找不到小孩……」闕擎提醒著。

厲心棠只是默默舉起雙手，抬高下巴，秀出她今天戴出來的法器跟佛珠；闕擎勾出了她頸間的佛珠，這傢伙連廟都去了。

「妳是掛了多少宗教啊？」

「都求，以防萬一！」她呵呵笑著。

然而，闕擎卻勾出了她身上那條生命樹項鍊。

不急，他這麼告訴著自己，一切都要按兵不動，一樣的項鍊不能代表什麼，就算眞的有什麼，也得等他查出來再說。

他緊緊握住她的手，兩人一起往前踏入體育館裡。

「別冒險，他們被困在這裡，有事我們就是往外衝就好。」闕擎交代著。

「放心，我又不會淨化，我只是想確定一下……那個媽媽當初對警方的說詞。」厲心棠雙眼直視前方，非常的嚴肅。

闕擎聽不懂，過去的案子是她查到的，他也沒多問，總之，先護著她就是；右手早就悄悄握了袖劍，這是跟唐家姐弟買的，方便又殺傷力強。

他們踏了進去——氣場與氛圍剎時不同，荒地依舊是荒地、各式雜草與垃圾還是在那兒，但是就是有什麼不一樣了！

而且……空氣中瀰漫著焦味。

『不可以！』剛剛那個拖著洋娃娃的女孩衝了出來，『不要進來！不可以——』

她哭著衝上前，闕擎這才看清楚，她手上拖著哪是什麼娃娃，那是一隻小小的、不知道哪個同學焦黑的手臂！

厲心棠不想跟她接觸，嚇得朝旁邊閃躲，闕擎趕緊打直手臂制止，「不要動了！」

女孩的亡魂眞的停下了腳步，但是卻面露驚恐的頻頻回頭，她是眞的在害怕什麼，右手依然緊緊握著拖著的那隻焦黑的斷臂，哭得滿臉是淚。

『很痛啊……走開！』她啜泣著，開始揉起眼睛。

旁邊突然鑽出了另一個男孩，他戒愼恐懼的打量著闕擎與厲心棠，狐疑的歪著頭。

『可以回家了嗎？』

「當年一定進行過招魂，爲什麼沒走？」闕擎才覺得奇怪，放眼望去，這片廢墟裡至少六到七個孩子的亡魂。

小孩子其實聽不懂，他們只是一個一個憑空冒出來，好奇的看著闖入的人類。

『小寶，你在哪裡？』

昏暗處陡然傳出了輕柔的呼喚聲，這一聲卻讓所以孩子嚇得四處逃散，但這間體育館能有多大？再大，他們也沒地方躲啊。

「天哪……」厲心棠開始發顫，她緊緊勾著闕擎的手，看來亡者的情緒已經開始感染她了，「那個女人她是……她在哭。」

深切的悲傷，讓厲心棠不自覺流下了淚水，蹣跚走來的女人披散著一頭亂髮，憔悴的喚著孩子的名字，兩眼無神的尋找孩子們，但其實看起來根本無心。

『找到妳了！妳怎麼亂跑？』女人突然停下，朝著剛剛那女孩走去。

『哇啊——不是！妳不是我媽媽！』小女孩發出極為恐懼的哭喊聲，嚇得想往深處跑去。

但女人長手一撈，輕易的抱起小女孩，厲心棠瞬間感受到龐大的恐懼，來自許多人……不只是那個被抱起的小女孩，還有旁邊那些瑟瑟顫抖的小孩鬼魂！他們非常非常的害怕，不僅僅是怕這個女人而已。

『小寶，妳怎麼可以亂跑呢？』女人舉起女孩，『妳讓媽媽找得好辛苦……喔……』

就在那瞬間，女人慈愛的表情消失，取而代之的是狐疑、忿怒，還有不滿，這不需要感染情緒，闕擎用眼睛看都能看出女鬼的表情變得猙獰。

『妳是什麼東西！妳不是我的小寶——』她整張臉瞬間成了焦炭，咆哮嘶吼的搖著小女孩，『把我的孩子還給我！』

伴隨著怒吼，女人徒手把抱著的小女孩撕了開！

『哇啊——』亡魂被亡靈傷害也是會疼的，小女孩發出淒厲的慘叫聲，碎黑渣掉了一地。

兩旁的孩子們嚇得渾身發抖，他們把自己埋進土裡、躲進牆裡，身爲鬼，他們比誰都希望不被看見！

「住手！妳在做什麼！」厲心棠喝止，「這裡從來就沒有妳的孩子，妳燒死他們，現在又在折磨他們！」

被撕開的小孩亡魂哭得悲絕，哭著看向厲心棠喊著救命。救命，救救她，好痛喔！

『騙子！都是騙我！這不是我的孩子！』女人發狂的吼著，粗暴的再把女孩的靈體撕了一塊下來，二話不說竟朝嘴裡塞去！

「太超過了！」厲心棠先拋出廟裡求來的傳統護身符，就朝女人手上扔去！

女人瞬間痛得鬆手，看來信仰對口了！小女孩的碎塊紛紛掉落在地，她正拼命的爬行著，試圖把自己給拼回來；女人撫著手僅踉蹌數步，一雙眼睛卻又凌厲的看向厲心棠。

『是妳對吧？把我的孩子還來！』

伴隨著女人尖叫，厲心棠感受到她強烈的悲傷、痛苦、恐懼還有瘋狂，她是眞的瘋了！

她抓狂的在體育館裡找尋她的孩子，她殺了老師、抱怨他們把她的孩子藏起來，她突然害怕起整間哭鬧的孩子，她希望孩子們閉嘴，然後外頭警方的警告更令她崩潰。

「不要靠近我！我知道你在！」她語無倫次的對著孩子們說著，然後帶著恐懼的心情，卻拿出準備好的汽油，發狠潑灑在孩子身上。

拿出打火機時，她極度絕望，她看著一屋子哭泣的孩子，泛出淒楚的笑容，「別想再傷害我，我燒了你，我可以燒死你的。」

女人點了火，被火舌燒身時，除了痛楚外，她更多的是解脫。

因爲，在女人眼裡，眼前的大火，竟是一條巨大的蛇。

厲心棠仰起頭，看著那條「火蛇」，下一秒火燄消失，取而代之的是夜空，她雙手推著嬰兒車，但她的孩子卻被抓著腳踝，倒吊在半空中，高高舉起。

女人腦袋一片空白，在路燈下，她從未看過這種生物，她根本不知道發生什麼事，只知道那個怪物抓起了她的孩子，頭下腳上的孩子嚇得嗚咽起來，然後……

那個怪物把她孩子的頭塞入嘴裡，喀嚓一聲，咬斷了她孩子的頭顱。

她這輩子都忘不了她孩子頭骨被咬碎的清脆聲響，從怪物嘴裡流下的鮮血，然後怪物第二口，咬斷了她寶貝的半身，臟器紅血倒流噴出時，怪物立刻再咬第三口，把她的寶貝塞進嘴裡了。

喀嚓，喀嚓，清脆不已。

『啊啊啊啊啊——』女人撕心裂肺的長嘯，她的孩子啊啊啊！

她沒有殺自己的孩子，她的孩子眞的是被怪物殺死的！

『我的孩子被吃掉了！』女鬼的身後再度燃起了熊熊大火，『不是我殺死自己的孩子！』

剎那間煙霧瀰漫，即使知道這是幻象，但他們現在就是在人家的地盤裡！闞擎伸手抓過厲心棠，被拽過來的她正在痛哭，完全沒有甦醒的姿態，看來她的意識已經跟女鬼同步了！

『放過我的孩子，還給我，我求求你還給我啊！』女人全身燃著火，朝著闞擎走來。

該死的他居然眞的感覺到燙了！

「妳自己殺了妳孩子吧！妳是殺子凶手！」闕擎試圖混淆視聽，希望這位媽媽的思想與動作都能遲緩些，「妳好好想想，妳對妳孩子做了什麼！」

『不是我！不是我！』她激動的喊著，『是怪物！我說了，眞的是一條蛇把我的孩子吃掉了！』

「厲心棠！妳清醒點！」闕擎拖著沉重的她，但是她幾乎跟著女鬼同步在哭喊。

闕擎使勁把她往後拖，門口近在咫尺，只要跨出體育館的範圍，這些被燒死的鬼是出不來的，是出……

濃煙遍佈，高溫開始迷惑人的心智，但是這些都是幻象，他不該會失去方向感才對——因爲他們剛剛僅有筆直走入，照理說直直後退就沒事了啊！

『哥哥！大哥哥！帶我走！』爬行的分屍女孩朝他爬來。

『我也想離開！』看似健全的男孩也跑了過來，『我不要待在這裡了！』

他們雙手掩面哭泣，但小手一碰到自己的臉，卻開始焦化……那些白淨可愛的臉蛋被火燒得變紅、紅腫、萎縮、變形，在慘叫聲中變成了焦碳。

哭聲、嘶吼聲、哀號聲此起彼落，聲聲入耳的悲切，闕擎卻沒有朝任何一個人伸出手。

這不是他會做的事。

剎！一道刺眼白光驀地從身後照來，那道光疾速得讓孩子、火燄與女人盡數消失，在闕擎什麼都沒看清楚，只感受到強力的拖拽，他緊緊扣著厲心棠被拖了出來！

熱度與令人窒息的空氣頓時消失，闕擎疲憊的趴在地上，懷間是已經清醒的厲心棠。

她仰躺著，淚流滿面的望著天空，悲切之情依舊溢於言表。

「妳叫厲心棠！」闕擎不客氣的直接往她臉頰招呼了兩下，「不是那個瘋癲的女人！」

厲心棠深吸了一口氣，「她沒有瘋，她說的都是真的，她的孩子被吃掉了。」

「嗄？」

「巨大的蛇尾在擺動著，但上半身是個漂亮但猙獰的女人，分好幾口吃掉了孩子。」厲心棠喃喃說著，接著眼神完全對焦的看向了他。

真巧，他們好像有個共同認識的人，就是上半身是美女之樣，下半身卻是蛇。

拉彌亞。

「那種證詞是不可能被採信的。」

低沉的男聲傳來，闕擎這才回神，緊張的看向拖他們出來的人——僅僅數秒，他不住鬆了一口氣。

「好久不見，章警官。」

章警官是確定了今天沒人跟著闕擎，他才趁機跑過來的，結果跟到這莫名其妙的地方後，就看見兩個人正互抱著，一個哭天搶地，另一個低首掩鼻外加咳嗽、一臉痛苦樣，當然他也知道這裡不對勁，最後自做主張拖了他們出來。

「我現在調到一個閒缺，總之小隊被打散了，大概是怕我跟你有聯繫吧！但是，」章警官露出一抹苦笑，「我這不知道什麼命，閒缺卻讓我非常方便找過去的資料。」

他再度直接拿出了一個信封，闞擎不假思索的接過，相當有厚度。

「幼稚園的案子嗎？」一旁的女孩才剛調適好心情，眼睛依舊腫腫的。

「對，陳年舊案，這位媽媽叫洪詠燕，孩子她關的、火她放的，這點沒有懸念！不過她的孩子至今依舊是失蹤人口。」

厲心棠聞言，心頭緊了一下，連骨頭都被啃掉的孩子，哪來的屍體可供尋獲？

「他們被困在這個地方，那個媽媽依舊在找自己的孩子與失落中循環，小孩子也一直在等待放學，這跟最近的殺嬰沒有關聯。」厲心棠一邊說，一邊秀出手機裡的徽章照片。

「洪詠燕的孩子失蹤是悲劇，也很可憐，但她燒死四十七個孩子、兩名老師，就會製造出至少四十九個跟她一樣悲傷的母親。」章警官只有嘆息。

厲心棠看著照片裡看上去溫柔漂亮的女人，沒想到她會狠心燒死這麼多人，跟剛剛在體育館內的瘋狂形象已經截然不同了。但是……她突然看向了章警官。

「你爲什麼會查幼稚園的案子？你怎麼知道這場火災跟最近的失蹤案相關連？」厲心棠滿是狐疑的問著，「古明中學後我們就失聯了，你不但能寄失蹤兒童的資料給我們，還比我更早知道這間幼稚園跟綁架孩童者的關係？」

闕擎沒有阻止厲心棠的質疑，他非常感謝章警官千鈞一髮之際把他們從鬼的幻境中拖出；但是，他爲什麼會在這裡？資料爲什麼這麼齊全又準確？也是他所懷疑的。

結果，這反而讓章警官露出了錯愕之相。

「不是你們找我要的嗎？」

誰？闕擎跟厲心棠雙雙驚愕，他們連他調職都不知道，怎麼可能說聯繫就聯繫，而且章警官連手機電話都被換掉——

瞧見他們的神情，章警官臉色丕變，立即跳了起來，飛快的往外走去。

「我先走了！」

「章——」厲心棠想攔住他，卻更快的被闕擎阻止。

他嚴肅的皺眉搖頭，看不出來嗎？他們的見面是被設計的，有人讓章警官認爲他們向他求助，把資料都備妥了過來。

「誰會做這種事？」厲心棠一顆心七上八下的，「章警官不會出事吧？設計他跟我們見面是爲什麼？」

一瞬間，程元成眉心中彈倒地的畫面，閃過了闕擎腦海。

他不悅的拿出手機，立刻走到一旁打起電話，厲心棠很禮貌的不趨前偷聽，而是蹲在一旁，瀏覽著章警官帶來的資料。

但她其實看不進去，因爲在那母親崩潰的回憶裡，她的孩子是被人身蛇尾的怪物吃掉的……回憶與情緒看不清容貌，但那如孔雀般斑斕閃耀的藍綠色尾巴，她眞的見過。

叔叔說過，好歹是神的傑作，那蛇尾的美麗，天上地下，僅此一位。

拉彌亞。

「我們走吧。」回來的闕擎蹲身收拾起卷宗，拉著厲心棠趕緊上車離開。

車子開下山，一路沉悶安靜，他們誰都沒說話，腦子裡都不知道轉了多少事情，但每一件都很令人心煩。

「要先解決哪件事？找到那個可憐的媽媽、還是拉彌亞？」闕擎率先打破沉默。

厲心棠喉頭緊窒，不停的絞著衣角，「我想自己回去問拉彌亞。」

自己，她加強的語氣，表示不需要闕擎陪同。

不過他本來也就沒有陪同的意思。

「那位施咒的母親我暫時也沒興趣，我自己這邊也很多麻煩……唉。」闕擎想起來就很煩亂，「最近可能有人會去找你們店或妳的麻煩，先說聲抱歉。」

厲心棠默默的轉頭看向他，那精緻的側臉，散發著氣質的面容，眞的越看越令人喜歡。

「我是不是，給你製造麻煩了？」女孩擔憂的小小聲說著。

闕擎詫異得圓睜雙眼，這話怎麼反過來說了？

「這好像應該是我要說的吧！是因爲我，所以才會有人去找妳或『百鬼夜行』的……」

「才不是呢。」她噘著嘴，「是因爲我們變成你的牽絆了。」

不只是她，還有整間店，如果店裡有其他活人的話，也會成爲闕擎的軟肋。以前的他，不喜歡認識任何人類，把自己關在病院的個人房間裡，不與誰有過分的聯繫，極爲自在。

紅燈在前，闕擎緩緩踩下煞車，他嚴肅的看向厲心棠，無奈的吁了一口氣。

「沒有認識你們，精神病院裡的醫護人員也會是我的牽絆。」他遲疑著，還是伸手輕輕拍拍她的肩，「妳別想太多，說穿了是我害得妳。」

厲心棠眨著眼睛，她知道闕擎說得三分眞一分假，認眞講起來，醫護人員是可以汰換的，他跟那些人終保持著標準的上對下、老闆與下屬的關係。

她在闕擎收回手前，抓住了他的手，大膽的握著。

闕擎沒有掙扎，倒數三十秒，他們還有三十秒的時間。

「我不會成爲你的麻煩的，你放心。」厲心棠深吸了一口氣，目光灼灼的直視前方，「你放手去處理你的事，我也先回去跟拉彌亞好好談談。」

倒數五秒，厲心棠鬆開了手，闕擎收回手前遲疑了兩秒，他有種想撫摸她臉頰的衝動，但最後還是把手放回了方向盤。

「如果是拉彌亞，妳怎麼辦？」

「嗯……」厲心棠靠著車窗，看著窗外的景色飛掠，「我能怎麼辦？她是拉彌亞啊！」

第六章 攤牌

距離「百鬼夜行」開店前還有半小時，整間店氣氛卻異常低迷，厲心棠坐在吧台邊的高腳椅上，嚴肅凝視著拉彌亞，吧台上擱著她的手機，上頭是昨晚那個胸章圖案，厲心棠要一個答案。

吧台裡的德古拉正帥氣的搖著雪克杯，倒出一杯淺綠調酒，好整以暇的遞到厲心棠面前。

拉彌亞依舊是亙古不變的黑色西裝，她凝視著桌上手機裡的照片，再瞥了眼厲心棠，精緻美麗的臉上沒有太多波瀾。

厲心棠指尖在手機上滑了一下，顯示出當年縱火女人的新聞，那個媽媽哭喊著：「我的孩子被蛇怪物吃掉的！」

「她的亡魂還在那個體育館內，我今天見到她了。」厲心棠慢條斯理的說著，後面的事應該不必她多說了，大家都知道她能感受到亡魂的情緒。

「對，是我。」拉彌亞一屁股挪上了高腳椅，指尖在桌面輕點。

德古拉會心一笑，立即準備下一杯調酒。

「我就知道！」厲心棠一擊桌面，「那個媽媽的記憶很模糊，但是蛇尾的顏色太清楚了！半人半蛇的應該只有妳！」

拉彌亞並沒有直視厲心棠，而是看著手機裡的新聞，眼尾瞄著的是正在

Shake的德古拉，彷彿在暗示他，多點好話啊！

厲心棠拿起調酒慢慢喝著，氣氛一度非常沉悶，後面準備開店的各種亡靈都不敢吭聲。

「妳怎麼挑選獵物的？跟那個媽媽有過節嗎？」厲心棠十分淡定的問著，「我不相信妳只是偶然在巷子裡遇到一個推嬰兒車的媽媽，就想吃掉她小孩。」

「她那天稍早在賣場撞到我沒道歉，還放任孩子亂破壞超市裡的東西，她有賠償但態度很差。」拉彌亞也不隱瞞，「我覺得如果不教，就乾脆吃掉好了。」

哇，聽起來還有點道理。

「可是妳這幾年都沒有再吃孩子了不是嗎？那時是……」

「是，我已經不吃孩子二十四年了。」拉彌亞像是得到某種支撐般，堅定的回著，「自從妳來到百鬼夜行後，我就沒有再吃過任何一個孩子了。」

啊……厲心棠詫異的看向拉彌亞，是因爲她嗎？

「我倒是可以作證，妳來了之後，她眞的沒再出去獵食過！而且拉彌亞跟我們不同，血液對我族來說是必需品，但對拉彌亞不是。」

同仁之愛，德古拉仁至義盡！

失去孩子的拉彌亞，是因爲自己的孩子當初被奪走殺害，所以才想將一樣的苦痛加諸在其他母親身上！

「妳實在太可愛了！圓圓的眼睛總是看著我，小手揮舞著，隨時都會對大家回以笑容，當時連店裡一個戾氣甚重的惡鬼都能被妳融化。」拉彌亞回憶起當年老大抱回嬰兒時的場景，「妳一笑，整間店都鮮活起來，生活變得非常有意思，我也不想再去傷害哪個孩子了。」

過去的她，是因爲憶子成狂；但有了厲心棠，她就有了寄託。

「當時拉彌亞還想把妳養在身邊，養在店裡，拼命要老大讓給她呢！」長頸鬼在厲心棠面前飛過去，那長長的頸子在半空中繞了好幾圈，「我記得還跟雅姐吵過架。」

提起這件事，拉彌亞的確不大高興。

一個撿到的人類孩子，誰養不是都一樣，但老大他們就是貪圖抱著軟綿綿的孩子入睡，才死活不肯讓給她。

「哇！」厲心棠不禁露出幸福的笑容，「我怎麼覺得好窩心喔！因爲我所以妳就不想傷害小孩子了！」

是啊，因爲有可以照顧的人了，她是眞的把棠棠當作自己的孩子一般愛著、照顧著，那又小又柔軟的嬰孩，多麼令人憐愛。

所以，她才會無法接受老大他們放任棠棠涉險！

大廳又陷入安靜，拉彌亞其實非常在意厲心棠的想法，昨天她見到徽章時其實就想起了那個女人，她在很多母親面前吃掉她們的孩子，但一般這些母親都會跟她一樣自己痛苦，或發瘋或自殘，但那個女人——是唯一一個殺掉這麼多外人的。

「我不知道該怎麼解釋，我也沒想到她會燒死這麼多孩子……」拉彌亞凝重的看著厲心棠的側臉，「但我說不出道歉的話。」

嗯？厲心棠趕緊搖了搖頭，「不需要，妳不需要道歉的！小德吸了多少人的血，小狼直接吃人，沒人需要道歉啊！」

拉彌亞一陣錯愕，「……是、是嗎？」

「就跟我會吃肉一樣，我不會對哪頭牛或豬道歉啊，我知道是妳，那就好了，反正那不是重點。」厲心棠一臉泰然，「我在意的是現在擁有惡魔咒術書、在那邊殺人獻祭、交換亂七八糟東西的女人——那個人，妳該不會也認識吧……」

拉彌亞深吸了一口氣，斬釘截鐵，「不！自從妳來到這裡後，我完全沒有再傷害過任何一個孩子了！」

「那就好！」厲心棠劃上微笑，將酒一飲而盡後，跳下高腳椅，「我去換衣服，準備開店喔各位！」

她踏著輕快的腳步朝員工樓梯走去，德古拉看著她的背影，默默把杯子收了下來，「有些強顏歡笑啊！」

「那就是我，沒辦法。」拉彌亞苦笑著，「棠棠該懂的。」

「懂是一回事，但畢竟她還是人類，而且……拉彌亞，妳是吃小孩啊！」德古拉也沒在客氣，「還不是一口吞，得多嚇人！」

拉彌亞扯著嘴角，帶了點不耐煩，「我現在不做這種事了，我已經有棠棠了。」

「她不是妳的孩子。」德古拉用輕鬆的語氣，說著嚴厲的話語。

拉彌亞睨了他一眼，「她是大家的孩子。」

「他是老大跟雅姐的，他們撿到她，把她養大的！我們充其量都是阿姨叔叔。」德古拉再次提醒，「很親很疼她，但始終不是她的父母。」

「老大也不是，只是撿到她，因爲她是被丟掉的小孩。」拉彌亞沉下眼色，「她的父母不配擁有她。」

「那誰可以呢？」德古拉意有所指的看著她。

拉彌亞冷笑，指尖劃著杯口，「眞心愛著她的人，都可以。」

「妳那是過度保護了，拉彌亞！妳也知道這二十四年來都沒有再傷過孩子，所以棠棠已經二十四歲了。」

他最在意的就是這點，拉彌亞對厲心棠太過保護了。

「我那不叫過度保護！我們無法阻止她去干預別人的事，打從一開始我就反對讓她出去，妳想想她遇過了多少事？多少厲鬼？是不是幾次差點出事？」提到這點，拉彌亞便激動起來，「別的不說，食人鬼那次，隨時都能傷害她，但老大卻讓她就這麼站在那些鬼的面前，而不加以救援！」

「老大說過，棠棠要爲自己的選擇負責。」

「他也是！」拉彌亞雙眼驟變，瞬間成了黃色蛇眼，「他既然撿了棠棠，就該保護她！而不是讓她一再遭受危險而沒有自保能力！」

肅殺之氣傳來，德古拉看著那差一點就要回到蛇身狀態的女人，嗅到了不妙的氣息。

「她比我們想像的要好很多了，經過這麼多事，她不是也都度過了！老大也不是全然放任，但她只是普通人類，就該過一般人類過的生活……」

「那這樣撿她回來做什麼？眞的愛她，就要保她永遠不受傷害。」拉彌亞冷冷的瞪著德古拉，撇頭離開，「老大他們做不了的，我來就好。」

德古拉凝視著她削瘦的背影，幽幽向右轉頭，望向這才走出的雪姬。

她身著白色和服，已經準備好要開店了，瞥了拉彌亞一眼，再看向德古拉，微幅搖著頭，暗示他別跟拉彌亞爭！

拉彌亞多疼愛棠棠大家都知道，她是後幾年才來「百鬼夜行」的人，都如此疼愛棠棠了，更別說打從一開始就照顧著棠棠的拉彌亞。

「她也是母親。」雪姬最終只能說出這麼一句。

「我知道。」德古拉眼神沉了下去，「我只是不喜歡，『永遠』這個詞。」

是拉彌亞，是拉彌亞！

趁機回到家中的厲心棠在偌大的客廳裡走來走去，抱著頭不住的喊著——眞的是拉彌亞！

她當著人家媽媽的面，把人家的孩子咬開咬碎分幾口吞下去，這有幾個媽媽受得住啊！可是她也知道，當年拉彌亞的孩子也是這樣被殺掉的，所以她才會思念到發狂，結果去爲難跟她一樣的母親們！

「哎，這什麼互相爲難的邏輯？」她衝回房間，打開筆電試圖搜索著早年的舊案。

這二十幾年來拉彌亞沒有再吃過孩子，但換句話說，在她來到「百鬼夜行」前，她很常幹這種事嗎？有多少母親目睹了自己的孩子被吃掉？對外訴說也無人會信？甚至跟那位媽媽一樣，反而被視爲謀殺親子的凶嫌？

她的心理非常矛盾，因爲那就是拉彌亞的習性，她該知道，就像吸血鬼會吸人血一樣，但是想到那些無辜的孩子跟母親，卻又覺得他們好可憐。

「我這混亂的三觀啊！」她無奈的看著鏡子裡的自己，「妳到底該用妖怪眼光看世界？還是人類的呢？」

換好衣服後，她抖擻起精神準備要去店裡幫忙，傳了訊息告訴闕擎實情，當年的確就是拉彌亞幹的！只是那位媽媽燒死四十七名孩子後，這些孩子的父母親又被變成了什麼？

收藏那個胸章的一定是受害者家屬，該幼稚園當年發生命案後就停業了，畢竟死了太多人，根本沒人敢接手，附近鄰居甚至說，半夜都會聽見孩子們在嘻笑玩鬧，或是痛苦的慘叫聲。

章警官給了他們所有受害者孩童的家屬資料，他眞的如及時雨一般，比新來的蔡平昌有用多了，問題是：誰跟他要的？

她跟闕擎都覺得中間有陷阱，但她很需要這些資料，就算有陷阱也只能跳了。

問題是，這陷阱是針對她？還是闕擎呢？

闕擎所擁有的精神病院，是養父名下的財產，他十幾歲時來到這個國家，因爲孤苦伶仃所以被編入孤兒院中，後來被一位王姓實業家收養！對方是地產大亨，非常有錢，還有這麼一間「平靜精神療養院」，專門收容精神有問題、且家屬無法照顧的患者，還因此被稱爲大善人。

事實上，養父整個家族都信奉惡魔，他們能發家致富也全靠惡魔，一心一意希望能召喚出他們的「主人」，而那些精神病患者就是免費的祭品，而闕擎自己，也是劊子手之一。

在孤兒院時，他就沒少讓欺凌他的人自殘，他的雙眼有催眠人的力量，但不是催眠人做任何事，他的催眠只有一個功能：使人自殘至死。

養父便是知道了他的能力才收養他，讓他催眠那些精神病患者，自願到惡魔祭壇裡獻出自己的生命，越殘虐惡魔主人越喜歡，祭品價值也就越高，他乖乖聽話並不是傻，而是有這樣的養父，人總要識時務者爲俊傑。

他心底明白，有朝一日等他們眞的召喚惡魔出來，只怕他會是第一個被犧牲掉的！什麼未來繼承權他根本沒在信，而且養父一家眞的太過自大，既然知道他從小就是踩著屍體活過來的人，怎會覺得他會聽話做事？

那時他也發現到，許多世人眼裡的精神分裂患者，只是因爲體內有惡魔罷了！一旦那些患者死亡自殺，那些惡魔反而會被釋出，他不是心疼其他人，只是因爲他有輕易撞鬼、又會被鬼纏上的經歷，做這種事簡直是搬石頭砸自己的腳。

直到養父家族以嶄新設備建立了這間精神療養院，且收集了體內封有惡魔的患者時，他就覺得不對勁了！所以他挑了一個家族團圓的過年，用他們最愛的能力，讓整個家族一起上路了。

身爲養子，他順理成章的繼承了所有遺產，包括這間精神療養院。其他財產他都委託人打理，出租或售出，唯有這間療養院，最後成了他的庇護所。

他不想跟人接觸，就住到精神療養院的最高樓，他的體質太容易見到鬼，也容易被鬼纏上，他才擺設了許多結界，一直到處去買法器、符咒，盡可能的讓自己在安寧的地方生活，也善待各種特殊患者，他倒是不擔心患者，患者比他強大多了。

似乎是從養父家集體自殺後，他就被警方盯上了，只是因爲他幾乎很少離開精神療養院，所以沒什麼威脅，直到……陰錯陽差認識了厲心棠、進入了「百鬼夜行」、被她拖著到處管事，那些監視也就越來越礙眼了。

闕擎踩下煞車，看著前方直接攔車的蔡平昌，這傢伙比上一個特殊警察直接多了。

他摸著口袋裡的那枚子彈，趕緊把它取出，隨手往後塞進了座椅的縫隙裡。

叩叩，車窗被敲響，闕擎降了一公分。

「你們現在越來越明目張膽了。」闕擎連正眼不瞧他一眼，伸手往手機架上的手機點去，有些預防措施還是得做。

例如他們在這條路上攔下他，這是條寬廣的馬路，斜坡向上，而他的精神療養院就在上方五分鐘後的路程，在這裡攔他，怎麼想都沒好事。

下車時他立即鎖上車子，接著與蔡平昌拉開了一定的距離，然後機警的回首，後方的人果然逼近。

「沒事……沒事……」蔡平昌連忙讓後方的人員退後，「別給他這麼大的壓力。」

「我光看到你壓力就很大了。」闕擎視線一轉，看向了遠處的黑頭車，「速戰速決吧。」

他逕自走了過去，幾個黑西裝的保鑣上前搜身，闕擎當即拒絕，瞪了蔡平昌一眼，轉身就要回車子邊。

「闕擎！」蔡平昌連忙勸阻，「說好要談談的！」

「搜身免談，誰都別碰到我！他要是怕車內我對他不利，他可以就到車外來，這兒到處是空曠的地方。」闕擎沒好氣的說著，「況且我眞的想怎樣，你們把我綁住都一樣！」

這句話引起一陣沉默，所有人恐懼的交換眼神，闕擎可以明顯的看出保鑣們的戒愼恐懼，他們個個僵硬緊繃，雙眼都緊盯著他。

欸，會怕就好。

他坐入黑頭豪車內，豪華轎車，後座是兩兩面對面的座椅，不意外的坐在對面的是西裝革履的男人，對方非常削瘦，兩頰凹陷，眼神卻相當凌厲，是個狠角色。

「闕先生，您好，我是安全局的ＪＢ。」男人倒是一點都不拐彎抹角，「我就直說了吧，我們需要你的幫忙。」

國家安全局。闕擎想過背後一定跟政府有關，畢竟都能長期派特殊警察跟監他，這的確不意外，但是——國家安全局？

「這有點超過了，我就一普通人，對國家安全應該沒什麼助益。」闕擎搖了搖頭，「你們是不是搞錯方向了。」

「普通人？闕先生是客氣了，您怎麼會是普通人！單就您十一歲來到我們國家後，保守估計就有上百人的死亡跟您有關，這還不包括我們杳無音訊的同仁們。」ＪＢ的語調倒是輕鬆，「我們注意您很久了，也知道您在母國的事，跟您母國的死亡人數比起來……在這兒的確是個普通人。」

「如果眞調查，就知道我有原則跟底限，基本上人不犯我、我不犯人！我並不會對這個國家造成什麼威脅。」

闕擎自是話中有話，誰犯他他也不會客氣，國家別帶頭惹他。

「不不，您誤會了。」ＪＢ連忙擺手，「我們不是視您爲威脅，只是想請您當同事，跟我們一起並肩……爲了國家安全而女力。」

闕擎非常認眞的聽對方說話，還在腦子裡咀嚼了一次，最終還是忍不住的蹙眉：「嗄？」

「國家安全不只要注重警力，特殊人士也能幫忙！國家面臨比你嚴重的威脅，這些威脅絕大部分源自於正常人，噢，沒有說您不正常的意思。」ＪＢ敷衍的道歉，「總之，有您的加入，可以無聲無息的幫國家掃除威脅，所以我們需要您。」

闞擎的眼神在一秒內沉下，他幽幽朝左望向車窗外，忍不住抽了嘴角發出冷笑：哼，又來。

「你小子笑什麼？」ＪＢ身邊的幕僚是緊張壞了。

「就是要我替你們殺人吧，你們眞是樂此不疲。」闞擎伸出手，有張紙條他早藏在掌心了，「這紙條是你們放的嗎？」

「是時候償還你的罪孽了！」

這是他之前住院時，有人趁機塞進他包包裡的。

「哎，只是打個招呼。」ＪＢ還在那兒嘻皮笑臉，「想想，爲國家做事，拯救更多好人，也能算償還你過去犯下的罪啊！」

闞擎雙眼閃著光芒，凝視著眼前的官員，他往往都會有另一種感覺，看著這些笑著的人，比看著猙獰咆哮暴衝的厲鬼還嚇人。

因爲他不知道這群人在盤算什麼、未來會做出什麼事。

「要我無聲無息的掃除威脅，你們希望我做的，其實就是替你們去殺人。」

「不，不不！」ＪＢ鄭重的三連否認，「是讓他們自殺，沒有人需要負責任，誰都沒有罪。」

「既然如此，那我要償還什麼？」闕擎即刻反詰。

ＪＢ一怔，旋即意會，「闕先生，我們明人不說暗話，你──」

「我也懶得說這麼多，你們怎麼認爲我會答應？」闕擎失笑出聲，「我都在這裡生活多久了，你們跟監我這麼久，總該對我有一定的認識吧！」

ＪＢ眼裡的光芒突然亮了些，這讓闕擎心頭一緊。

「對……本來是，發現你是在孤兒院時，爾後你被收養時我們也覺得非常奇怪，直到王家一家自殘慘死，那時我們也查到了你幼時的資料，完全符合。」ＪＢ逼近了他，「人啊，不可能眞的能獨自生活的，而一旦有相處、就會有感情，有了感情──」

你就有軟肋了。

後面幾個字無聲的在空中漫開，闕擎依舊表面鎮定，但他早就猜到了。

「你們也眞有耐心，一直等到我跟人起了連結嗎？」闕擎深吸了一口氣，「那爲什麼殺程元成？」

提到程元成，對面的男人神情不變，ＪＢ故作輕鬆的往後躺著椅背，明顯的不想回答這個問題。

「程警官太過感情用事，除了他兒子的案件，還有同僚的失蹤，他對你成見太深，私心妨礙了公務。」幕僚趨前回應，「他忘記他只是看顧你的人，國家需要的是你，不是他。」

所以，即使為國家做事，即使他是特殊警察，當他舉起槍意圖傷害闕擎時，這個國家優先選擇的還是闕擎。

眞諷刺，為這個國家盡心盡力，只怕他被一槍爆頭時還在想著為什麼吧？為什麼，他心中該死的怪物被保護住了。

「我不會道謝的，我沒求你們做任何事，我也沒答應……但我想，你們會盡力說服我對吧？」

「當然，誠如我說的，你已經有在乎的人了。」JB悠哉悠哉的扳起手指來，「百鬼夜行、厲心棠，還有——那間神經病院。」

「你眞以為我在乎嗎？」

「在乎！你絕對在乎！哈哈哈！」JB得意的笑了起來，「程警官已經幫我們驗證太多了，可愛的女孩子、知名的夜店，你都在意，但你最最在意的，就是神經病院！不惜動用律師跟一堆關係，為的就是不讓人碰觸裡面的患者！」

不是醫護人員，而是患者們。

被看穿的闕擎表面依舊平靜無波，但內心的確波瀾萬丈，又是一個想把他當工具使的人！利用他時就各種威脅，還視他為怪物，從小到大幾乎沒有例外，每個人都只想利用他，但每個人的下場都沒多好。

他們為什麼會認為自己會是平安無事的那個？現在這個國家安全局敢堂而皇之的找他「商談」這件事，其實並沒有給予他拒絕的空間，他們已經打算用精神療養院來要脅他。

「如果我不配合，你們能怎麼樣？」

「不不，闕擎，我不希望我們走到那一步，大家都相安無事不好嗎？」ＪＢ警告般的勸說，「我跟程元成不一樣，逼急了，我們什麼事都做得出來……想想那個可愛的、滿眼都是你的女孩。」

是啊，那個沒有把他當工具人，也未曾把他當怪物的女孩，在她眼裡，他就是個正常人。

他想她了。

「厲心棠跟那間夜店我還真的隨便你們，你們要有膽子碰，我絕對欽佩。」闕擎嘆了口氣，「你的提案，我必須考慮。」

「闕先生，我們不是來徵求你同意的。」幕僚不客氣的開了口。

「我有我做事的方法，而且現在我正在忙，如果你們幫我把手邊的事解決了，我們可以更快進行下一步。」闞擎伸手往口袋裡去，「我拿手機，別緊張。」

前後座的保鑣再多一秒，槍就要拔出來了。

幕僚原本想再說些什麼，但識時務的ＪＢ即刻阻止他，他希望和平的處理這件事，未來大家都是合作的夥伴，鬧僵或是欺人太甚，是無法讓人好好盡心做事的。

「我在查二十五前年的幼稚園縱火案，我想查受害者的全部家屬資料，不限父母，幫我挑出有問題、可能犯罪者。」闞擎開門見山，「你們把章警官調走，找那個蔡平昌過來我沒意見，但份內工作要做吧？」

幕僚皺眉，「你……在查這個做什麼？」

「我總是在查一些奇怪的事，你們該知道的，我想你們跟著章警官也很久了！」闞擎懶得解釋太多，「早點解決，死掉的孩子會少一點。」

是，闞擎跟那個夜店女孩，的確直接間接的涉入許多案子中，都能讓人自殘了，也就沒什麼令人驚訝的事了。

「孩子也屬於國家安全，我會讓蔡平昌協助你。」ＪＢ突然沉下聲音，「不過，闕擎，我們也是有時限的。」

闕擎與之相互凝視，這群蠢貨，只要他願意，他現在就可以讓這台車裡的人自殘了——不過，這只是個政府代表，就跟程元成一樣，死了一個，還會有千千萬萬個。

闕擎沒應聲，逕自伸手打開車門。

「七天。」

臨下車前，車內傳來了期限。

闕擎沒有回應沒有停頓，一路直接回到自己車上，無人阻攔，接著蔡平昌就被交代了任務。

他力持鎮靜的往精神療養院駛去，希望那裡相安無事，剛剛下車前他傳訊給拉彌亞，希望店裡派狼人或阿天過去看顧，他的精神療養院的確不能出事。

那些患者裡的惡魔不是開玩笑的，要是眞的全部釋放出來，倒楣的也是全體人類——雖然這樣想很爛，但是他突然好希望國家安全局去找「百鬼夜行」的麻煩、去找厲心棠的麻煩喔！

這樣就算前仆後繼，也算是提供「百鬼夜行」免費自助吃到飽的機會啊！

第七章 老屋裡的……

四十七名孩子加上兩位老師的所有受害者親屬，在案子發生後多數人就過上了很悲慘的日子，夫妻有一半以上離婚，有人得了憂鬱，也有好幾對夫妻自殺；但也有花費時間治療心理後，重新振作，又生了孩子，現在過著幸福生活。

而有一位家長，背景資料格外顯眼，顯眼到蔡平昌還放在第一位。

「楊萱玫，她綁架了六個孩子，但六個孩子都下落不明，這樣才判三十年？」厲心棠看著資料忿忿不平，「六條人命耶！」

「沒有屍體，不能算命案，她說她放了孩子們，只是不知道他們跑到哪裡去了！所以法官判定她因爲失子精神不正常，一年前表現良好，便提前假釋出獄。」

「孩子們呢？」厲心棠把資料都翻爛了，就是沒見到那六個孩子的下落，「完全沒線索？人呢？」

「她交代了放孩子們走的地方，只說放他們走，警方出動大規模搜索，也沒找到。」

即使她是說謊，但沒有屍體就沒有證據。

一拿到資料，闕擎就叫厲心棠出門了，這位女士絕對是調查首要對象，因爲對照章警官給的資料，現在的全國各地孩童失蹤案，與她出獄後的時間是吻合的。

「不過當年她綁架的孩子不是嬰兒啊……全是五、六歲的年紀。」厲心棠內心一震，「她的孩子死亡的年紀。」

「我想前提是要假設，當年她並沒有那本參、考、書。」闕擎提醒著。

「那就更可怕了，如果她沒有惡魔咒術書，那當年她綁架那些孩子要做什麼？充當她的……孩子嗎？」厲心棠緊皺著眉思考，「但當年綁架孩子有男有女，可她的孩子是女的。」

「這得問她本人了，但這個人出獄後就是個謎，她之前就是單親媽媽，丈夫早年意外過世了，所以——」闕擎指向了手機，「我找到她大姑名下的一棟屋子，還是她丈夫的老家，妙的是現在除了找人定期維護外，她婆婆寧可在外租房也沒回去住。」

蜷在副駕駛座的厲心棠小嘴微張，嘶了好長一聲，「你去哪裡找到這麼細的事啊？你跟章警官聯繫上了？我以爲他電話換了……」

「是蔡警官，他接替了章警官，就該做這些事。」

「少騙我！昨天店裡又又又接到消防安檢通知，店外也多了人來監視！」

厲心棠認眞的看向他，「他們到底想幹嘛啊？沒有要放過你的意思耶！」

闕擎忍不住失笑出聲，「妳覺得他們想幹嘛？」

「不知道啊！硬纏著你是因爲——你養父一家的案子？古明中學的案子？」

厲心棠哎呀了一聲，「但說穿了，大家都是自殺的，沒有任何你下手的證據啊！」

「妳覺得他們不知道是誰做的嗎？」

「知道是一回事，定罪是一回事，不管哪一界都是講法律的！大家就是自殘而死，現場沒有你的跡證，你也有不在場證明！」

「但他們知道是我做的，而這個能力，對他們來說有所助益。」

正在翻閱資料的手停了，厲心棠默默握了握拳，難以形容的不悅湧上心頭。

「你是都市傳說耶，可以號召同伴把他們解決掉嗎？」

「我不覺得我是都市傳說，我只是擁有那樣的力量，我也是人，我正常的長大了。」闕擎也很無奈，「但這份力量，的確很吸引人吧！」

「你是都市傳說，也是普通人，這沒什麼好奇怪的，我姐姐也是這樣的！」

厲心棠一點都不驚訝，「你們只是選擇了自己的路！」

「妳姐姐？」現在又多一個姐姐了？「我以爲妳是被撿到的……」

「是啊，所以叔叔不只撿一個也是正常的。」厲心棠堆滿笑容，「她撿到時比我大，是個很好的姐姐，但是叔叔已經洗掉她所有記憶，讓她回到正常人類的生活了，她不再屬於百鬼夜行，所以我們不會再提起她的名字。」

「咦？那妳以後——」

「不會啦！我都二十四歲了！我是從小在店裡長大的不太一樣，姐姐一來是因爲她是都市傳說，二來她被撿到時已經不小了，又經歷過很糟糕的事，而且比起跟鬼生活在一起，她更適合人類世界。」

雖然，她覺得姐姐只生活在她自己的世界啦！

「所以才會有句話說，平凡就是福吧！」闕擎忍不住自嘲，因爲他跟那位姐姐一樣，都是身爲都市傳說的一份子，也沒有太好的童年。

不，他至今都沒覺得有幾天好日子過。

厲心棠悄悄用眼尾瞄著他，前幾天晚上，德古拉說小狼臨時被叫去保護精神療養院時，她就知道一定又出事了，最近闕擎不過來也是因爲有麻煩找上他，她不是傻子！

不惜槍殺程元成，也要保下闕擎是爲了什麼？

人類給人類帶來的麻煩，複雜太多了。

「當初她被抓時，警方沒搜過那間屋子嗎？」

「沒有，畢竟房子名字是大姑的，沒有直接搜查令，她本身也沒有跟大姑密切聯繫。」闕擎減緩車速，開始找停車位，「我開了地圖街景，確定那間屋子有問題。」

厲心棠都呆住了，「你光看地圖的街景顯示，就可以看到鬼嗎？」

「廢話，拍攝器材是最容易記錄的好嗎！」闕擎沒好氣的唸著，「就是這樣，我一般不會輕易開街景的。」

哇喔！哇……這輕易看得見的體質真的不太優耶。

整裝下車，剛關上車門的厲心棠也頓時愣在原地……「那間嗎？」

闕擎冷笑著，瞧瞧這所謂普通人的厲心棠都能瞧出哪間了，倒不是說有什麼戾氣，而是這棟透天厝真的就給人一種不舒服的感覺；外牆爬滿了植物，昏暗老舊，庭院裡的植物卻寸草不生，水池早已乾涸，變成了垃圾場。

「這叫有找人維護？」厲心棠眉頭都揪在一起了，「這裡只比河邊的廢墟好一點點點點。」

闕擎逕自推門而入，厲心棠則帶了點緊張的左顧右盼，即使沒人在，這樣堂而皇之的進去好嗎？

「放心，跟警方打過招呼了。」闕擎在大門前停下，直接挪開一旁的花盆，在下方取出了鑰匙。

厲心棠目瞪口呆，這已經不是僅僅的：有點情報了！

噓！他知道等等這傢伙可能又會大呼小叫，先要她噤聲後，自然的打開大門，從容而入。

嗯——一進屋，就有一股濕臭的味道襲來，厲心棠忍不住皺眉掩鼻，空氣中充滿了老舊與腐朽的味道，而且還有死老鼠的氣味。

屋子裡的確不如想像中的灰塵遍佈或是蜘蛛網處處，看得出是有在打掃的，但是所有沙發家具都罩著泛黃的白布，牆上處處是漏水的水痕，每個角落都能看得出久未使用的狀態。

「我不太想進去。」女孩躲到他身後，揪緊了他的衣服。

縱使屋內每一處都透著光，但厲心棠就是覺得渾身不舒服。

「磁場很差吧！」闕擎也很無奈，「但如果想找到那個惡魔咒術書的擁有者……」

提到惡魔咒術書，厲心棠就咬著唇鼓起勇氣，這種讓人汗毛直豎的感覺實在很討厭，明明是白天，卻總叫她心裡發毛。

透天厝的每層樓約只有十二坪左右，家具甚多又很擁擠，更令人不適的是那又高又窄的樓梯，站在一樓往上望，唯有一片的黑暗。

闕擎動手切了電燈開關，樓梯間的燈陡然亮起，而就在亮起的那瞬間，二樓欄杆邊有個人正低頭往下方看，正與厲心棠四目相交！

「哇啊——」她即刻尖叫出聲，往闕擎身邊撞。

「怎麼了？」闕擎趕忙扶穩她，手電筒跟著往上照。

現在照過去已經什麼人都沒有了，只能隱約瞧見二樓牆上的畫。

「剛剛有個人在看我！我看到他！」

「是人還是……」

厲心棠一陣哆嗦，燈亮的瞬間看見的……是個小小的、踮起腳尖的身影。她心涼了半截，幽幽的轉向闕擎，他當即心領神會。

「只是孩子，應該還好。」闕擎這樣說服著她，也似是在安慰自己。

他牽住厲心棠的手，兩人一步一步朝二樓走去，越上樓氣味更重，又黏又臭的氣味瀰漫，不是很重，但開個窗應該會好很多。

闕擎一路開燈，每次燈亮時都會讓厲心棠緊張一下，她謹慎的黏在闕擎身邊觀察著，目前爲止，她還沒有在這間屋子裡發現關於惡魔的物品。

「有什麼跡象嗎？」

「沒有，沒有惡魔崇拜的東西，你呢？」

「也沒有。」

看起來就是個再普通不過的屋子，只是很久沒人住了！二樓上樓後，先看見樓梯邊的洗手間，再往裡進，是張方桌，算是二樓的小客廳，還有電視，一旁有兩間隔間房，房間都不大。

「我去三樓看看。」闕擎轉身要出去，「妳一個人可以嗎？」

「可、可以吧！」厲心棠遲疑了幾秒，「可以開窗嗎？空氣好糟……至少把窗簾拉開？」

闕擎沒有回答，他們這算是私闖民宅了，有些事低調點好！厲心棠心領神會，只能稍微觀察一下。其實仔細看都能瞧出沒有生活的痕跡，桌上也有一層灰了，她打開角落的冰箱，一股酸味傳來，裡面有東西壞了。

不過……她仔細看著冰箱裡的食物，卻發現了一盒下周才到期的鮮乳？

有人在這裡嗎？

噠噠……腳步聲突然傳來，厲心棠倏地起身向後，卻沒有捕捉到任何一個身影！但剛剛有人明顯的從外頭跑進來，還經過她身後的！

「打擾了！我是來找人的！」她立刻禮貌的自我介紹，「如果是在這裡的好兄弟，請原諒我的冒犯，我們是來找楊萱玟，或是惡魔咒術書的。」

她一邊說，一邊舉高右手，露出手腕的金色手環，那是「百鬼夜行」的入場通行證，一般人類都是金色手環，只要戴著這個進入「百鬼夜行」，任何妖魔鬼怪都不能獵殺。

厲心棠手上的當然是18K金，這也是身分代表——我是百鬼夜行的人喔！

「有空歡迎來我們店裡，百鬼夜行是歡迎各種亡靈的。」厲心棠小心的打量四周，接著一陣細微的聲響引起她的注意。

咿歪——小小聲的，像是有人從老舊彈簧床起來時發出的聲響。

所以厲心棠目光落在她正前方的房間，房門是開著的，這房間一樣用窗簾蓋著，格外陰暗，她反手打開牆邊的開關，天花板年久失修的燈管閃爍了好一會兒，才勉強點亮，亮度還十分的低。

一張床、門邊是衣櫃，衣櫃旁是一個塞在角落的梳妝鏡，簡單而窄小。

「我找楊萱玟，她現在應該被惡魔蠱惑了，正在聽從惡魔的話胡亂施咒。」厲心棠持續說話，她確定這房子裡有東西，是人是鬼不一定，「跟惡魔許願的代價是很大的，而且也不會如你所願。」

噠噠噠——又是一陣奔跑聲傳來，這次是從房門口奔過，厲心棠再度緊張的回過身，什麼殘影都沒看見，卻眼睜睜看著房門無風自動飄移，砰的就要關上！

「喂！不行！」她大喊著就要往門邊跑。

說時遲那時快，床底下倏地伸出一隻手，猛地抓住她的腳踝，正要往前衝的厲心棠被這麼一抓，直接失去重心，踉蹌得倒在床上！

「哇啊！」

她嚇得尖叫，跌上床的瞬間卻沒有觸及到床，整張床像是水，她竟穿過床沉了下去——不，她被拖下去了！

闕擎！闕擎！

「我在街景上就看見妳了。」

闕擎緩步走上三樓半時，面對著牆，刻意背對著三樓上方冷靜的開口。

有個人影在黑暗的三樓邊，死死盯著他。

「我知道妳沒有惡意，因爲不是厲鬼，我也不是來找妳麻煩的，我們懷疑楊萱玫持續綁架並殺害小孩，是在做什麼咒術，所以才找到這裡。」闕擎依然面對著牆說話，「大家好好說話，不要嚇人或傷害人——我要轉過來了！」

他邊說，突地動手打開了就在面前的電燈開關。

沙沙——一陣陰風從後頸飄過，闕擎忍著不安的轉過身時，三樓與樓梯間暫時沒有什麼東西。

但這味道有點重……他忍不住掩鼻，這味道跟下面的不太一樣。

他小心的走上三樓，法器當然握在手上，可是他真的沒有感受到殺氣，這裡的亡者應該不是那種厲鬼。

剛踩上三樓，通往裡間的門卻是緊閉著的，而且他嘗試開門，門從裡頭上鎖。

「別這樣，大家有話好好說。」闕擎嘆了口氣，「你們也是惡魔崇拜者嗎？」

一門之隔，裡頭竟傳來嘻鬧的聲音。

噠噠噠噠——足音不斷，這聽起來像是孩子的聲音啊……孩子？當年楊萱玫綁架六個孩子，卻都沒有找到他們，難道這些孩子都在這裡？

「請問小胖在嗎？」闕擎記得那六個孩子的名字。

嘻鬧與奔跑聲戛然停止，三樓突然陷入一片靜寂，接著門的那邊回傳了叩門聲：叩。

闞擎狐疑的看著門板，再試一次，「那請問小竹也在嗎？」

叩。

「那這裡也有小琴囉？」闞擎舉出了他們在河邊廢屋發現的嬰孩，舉個反證試試。

叩叩。

瞭解！一聲是正確，兩聲是錯誤！闞擎找到規則後，他把每個孩子都喚了一次，證實了他們都在這裡，唯有第六個孩子，楊萱玫說不知道姓名。

那些找不到的孩子，都在這間屋子裡？闞擎緊張的環顧四周，他們在哪？牆裡嗎？

「所以這裡有六個人？你們在哪……」不行，他得問個明確的問題。

叩叩。

咦？留意到否定的聲響，闞擎起了股惡寒——還有別的人在？

「是祭品嗎？」

沒有回應，答案不一定是或不是，只怕等於不知道。

「請問楊萱玫在這裡嗎？」

叩叩。

匡啷！二樓突然傳來桌子推移的巨大聲響，闕擎嚇得整個人跳起，第一時間直覺則朝樓下看去！

一個蒼白的女孩就站在樓梯上，指向了……二樓的房間！

厲心棠！

她被床墊扯進去了！厲心棠死命掙扎著，但就像溺水的人一樣，她一路下沉，完全無法游上去，四周一邊黑暗，有好幾隻手環著她的腰，直直把她往下拖！

「妳瘋了嗎！」

磅！一陣天旋地轉後，厲心棠覺得自己的頭向前撞，但沒撞到什麼實體，只是打了個寒顫。

「你們不懂！米米會回來的！」

厲心棠發現自己正趴在地板，透過門縫偷偷看著外頭，外面就是二樓剛剛那小客廳的地方，有個黑色長髮的女人正在跟另外兩個人爭執，她視角很窄，但還是看得見。

「米米已經死了！妳瘋了嗎？妳是不是聽隔壁阿莉亂說？她是神經病啊！」另一個說話的是長者，聲音激動起來，「妳把這個孩子帶回來做什麼？我問，小柔呢？」

背對著門的黑髮女人沒回應，只是碎碎唸著來回踱步，「你們不懂的，我可以讓米米回來的，妳們知道有一種召魂術，可以讓米米用別人的身體活下來。」

「妳眞的瘋了！隔壁瘋子的話妳也信！」另一個捲髮女人走了過來，「妳要用那幾個孩子做什麼？讓米米附身？」

「閉嘴！你們不想讓米米回來嗎？她被火燒死得這麼痛苦，那個女人憑什麼這樣帶走我的孩子！」長髮女人歇斯底里的哭喊著，「她可以這樣奪去我的孩子，我又爲什麼不能奪去他人的孩子！」

「萱玫！妳這是犯罪！這是綁架啊！」

「不是！我只是想讓孩子回來而已！妳們只要不說，沒人會知道的！」

「怎麼可能沒人知道，這麼多個孩子！」

「妳們都幫我兩天了，都是共犯了，我們是一艘船上的人！從現在開始妳們什麼都不必管、什麼都不知道！」

女人推著其他兩個人出去，爭吵聲不斷，厲心棠還想再偷看，但門縫眞的太低太小，她——啪！一張臉倏地趴地，出現在她面前。

「妳在偷聽什麼！」

哇……女孩哭了出來，恐懼的向後爬，外頭傳來鑰匙聲，接著門便被狠狠的推開了！

「哇啊！」厲心棠感覺到自己嚇想鑽進床底，但頭髮被狠狠的扯住，猛地向後一拉——她又往下掉了！

她感受到胸口的壓力，有人壓著她，掐住她的頸子，然後有東西鑽進她體內，她驚恐的尖叫著，感受到那股力量在她體內竄動，力量大到幾要把她分屍，好痛，好痛——眞的好痛！

啊——

『妳是誰？』

耳邊傳來長者的聲音，厲心棠覺得她聽過，就在剛剛的爭吵中。

『這裡不是妳該來的地方……』另一個聲音在另一邊，厲心棠沒敢看，她現在彷彿懸浮著。

冰冷的手突然抓住了她，厲心棠終於抓到機會，倏地向左，捏爆了藏在掌心裡的小球。

黑暗中突然冒出了光，她可以清楚的看見站在她兩旁的亡者，她們雙雙暴凸雙眼，伸長頸子睨著她……

『妳……』阿嬤從狐疑到驚恐只有一秒，那微弱的光芒突然炸開，『啊啊啊！』

強大的力量直接將她拉起，她整個人飄起似的，瞬間從萬丈深淵被拉出來，狠狠倒抽一口氣後，眼前一片光明，還有一張她喜歡的臉就在面前！

「厲心棠！」闕擎箝著她下巴，「對焦啊妳！」

「汙汙汙……」她嘴都被掐成魚嘴了，「偶對焦了！」

闕擎這才鬆口氣，取下貼在她額上的佛珠，收回她身體上的符紙，很貴不要浪費。

厲心棠疲憊的坐起，她沒掉到哪裡去，就躺在這張床上……掌心撐起來時，她突然打了個寒顫。

「唷！」她轉頭看著床，渾身發毛的一秒跳了下來。

闕擎見狀，趕緊也退了開，「怎麼？妳剛被拖到哪邊去了？」

「那那那幾個孩子都在這裡，當年楊萱玫眞的把孩子綁到這裡的，她婆婆跟大姑都在！」厲心棠趕緊挽住闕擎，「二十幾年前，她就想用召魂術了！」
「對，孩子的亡魂都還在這裡……」餘音未落，樓上又傳來奔跑聲，「聽！他們在玩！剛剛也是他們推開餐桌引我過來救妳的。」
「我不需要救，我剛剛可以的……」厲心棠皺著眉看向床，「他們，眞的在這裡。」
「我剛說了……妳說的這裡是指……」闕擎再次循著她的視線往前，「床墊裡？」
厲心棠顫抖著點點頭，她剛剛無論是躺著、或是撐起身體坐起來時，觸感都不、不太對……這床墊裡沒有彈簧，而且凹凸不平……
「我剛剛撐著床時，好像壓到了……身體。」她邊說邊打了個哆嗦。
小小的身體，凹凸不平。
闕擎拉著她往外走，朝天花板大喝了一聲，「你們在床墊裡嗎？」
……叩。
距離遠，但那聲響幾乎就在正上方，一清二楚。
這讓厲心棠也詫異極了，「樓上還有什麼？」
「不知道，三樓門鎖著，我進不去，但他們會用叩門聲回答我，一聲是對，兩聲是錯。」闕擎拉她走出外面，厲心棠果然看見了剛剛的方桌已經被推到牆邊了。

闕擎拿出手機，準備叫蔡平昌過來收拾一下，但當他抬頭時，卻愣住了。

「幹、幹嘛啦！」厲心棠被他看得毛骨悚然，她回首看去，就看見房間跟應該有問題的床墊而已！「你看到什麼了？」

五個孩子，正坐在床墊上，好奇的望著他們。

「妳剛還看見什麼？婆婆跟大姑果然是共犯嗎？」闕擎沒忘記她剛甦醒時的話語。

「對！當年他們早知道楊萱玫綁架了孩子，把孩子藏在這裡的！剛剛她們攔下我，才在問我爲什麼來這裡，你就把我拉出來了！」

剛剛他問了屋子就你們六個人嗎？叩叩，錯誤。

「孩子們現在就在床上，他們正看著我們，死狀很正常，沒有什麼外傷——」

闕擎沉重的擰眉，「但這樣的話，上面回答我的是什麼？」

那一聲聲叩門聲，是誰？

「可能是她的大姑跟婆婆吧。」厲心棠下意識撫上頸子，「她們的樣子，跟之前遇到的吊死鬼是一樣的。」

第八章
七具屍體

封鎖線再度圍起，警方在二樓的房間床墊裡，找到了四具孩子的屍體，凶手把床墊挖空，把小孩子放進塑膠袋內，再用膠帶重重綑綁封死，塞進了床墊當中，最後床墊也用塑膠防水布鋪妥黏好，表面覆上床單。

另外一個孩子在一樓陽台的桶子裡，桶子是被水泥密封住。事隔二十餘年，屍體泡在腐爛的液體中，早就難以辨識，只能先原封不動的抬走。儘管沒有親自下手，但負責清理屋子的大姑跟婆婆，還是放了大量芳香液掩蓋臭味，但人卻不敢住在這裡。

三樓破門而入後，嚇得幾個一般警員魂飛魄散，因爲一撞門進去直接就撲上了一雙腳——闕擎聽見的叩門聲，是源自吊死在上方的兩位女性，她們的腳剛好在門前，只要晃動時就能敲到門板，發出叩門的聲響。

兩個死者的確就是楊萱玫的大姑與婆婆，死亡時間不超過三天，這也間接佐證了爲什麼冰箱裡會有尚未過期的鮮奶；現場完全沒有掙扎跡證，正常人就算上吊也會掙扎個兩下，加上沒有踩踏物，怎麼看都不像是自殺。

蔡平昌帶著小隊前來，但處理非常不純熟，屍體一具一具抬出，數名警察嚇得屁滾尿流，不停的雙手合十祈禱，有人甚至才進屋就落荒而逃。

「居然能發現藏在這裡的屍體，你們眞的也很厲害。」蔡平昌走了過來，

「我們會盡快確認死者身分，是不是就是當年那些失蹤的孩子們。」

厲心棠站在二樓客廳旁的櫃子邊，她正看著放在上面的相框，可以看見這一家子的樣貌，包括那個楊萱玟跟她的丈夫、以及被燒死的孩子。

「隔壁的鄰居問了嗎？」闕擎上前，剛剛厲心棠提到她曾在某個被綁女孩身上，偷聽到了爭吵聲，所有人名都列了出來。

「兩邊鄰居都搬走了，最久的也才搬過來七年有餘了，以前鄰居的身分我會去查。」蔡平昌口語間盡顯無奈，「你最終想查什麼？」

「現在有一群小孩失蹤，你都不緊張的嗎？」厲心棠突然回眸，幽幽的問向蔡平昌。

他沒回答，但冰冷的眼神已經告訴了她答案：他還眞的不擔心。

因爲打從一開始，他的職責就是負責監視並收編闕擎。

「都是失蹤的孩子，各轄區都有警察會負責，其實像今天這個案例，我也不該跨區處理。」蔡平昌的話都是對著闕擎說的，意思是：我賣你面子，你最好快點決定。

「你接的是章警官的職務，就該知道他本來負責什麼的，這一屋子的鬼也要處理。」闕擎直接指向蔡平昌的身後，「小朋友，再等一下，這個叔叔會讓你們回家。」

話才說完，一屋子警察跟鑑識小組全都靜了下來，他們個個僵硬身子交換眼神，連蔡平昌都回首看著身後的方桌……空、空的啊!?

就在現場一片死寂的情況下，方桌旁一張紅色塑膠椅凳，冷不防地向後退了一公尺——「哇——」

門口的警察一馬當先往樓下狂奔，鑑識人員愣在現場來不及反應，蔡平昌瞪大眼睛看著那向後彈到牆邊再倒下的紅色椅凳，瞠目結舌的看著闕擎。

「要處理好喔，他們在這裡二十幾年了。」厲心棠看不見，但她感受到愉悅的氣氛，小孩子們都很興奮，惡作劇很開心的呢！

她硬穿過蔡平昌與闕擎的中間往外走去，順手把紅色椅凳給拾起，好整以暇的放回原位。

「我要鄰居的名字。」確定她往樓下走，闕擎朝蔡平昌低語。

剛剛聽完厲心棠訴說看見的一切後，他就覺得這個鄰居的線索也不能錯過。

「鄭海莉，這附近的老鄰居都知道她，是個瘋子，以前就常胡言亂語。」蔡平昌果然早問到了，「後來被家人送走，整家也都搬走了。」

精神病患者嗎？那他就有門路可以查找了。

「記得處理這邊的亡魂，還有幼稚園的，不懂的話就去問章警官。」闕擎也往外走去。

但蔡平昌卻突然伸手按住他的肩膀，提醒道：「只剩四天了。」

闕擎笑看著蔡平昌，「你們到底爲什麼有自信，覺得可以讓我屈服？」

「你會的，我們什麼事都做得出來。」蔡平昌劃起微笑，「我背後是政府，事關國家安全，不管我們做什麼，都能掩蓋——但你禁得起失去嗎？不只是你現有的一切，我們可以牽扯得更遠：你醫院的護理長、你在古明中學的盲人同學、同時也在你醫院裡當護理師，噢，還有上次有個老同學，曾去神經病院看你，叫吳翔新對吧？」

闕擎的眼神轉冷，「那叫精神療養院。」

他眞、的、很、想——呼，闔上雙眼，他迫使自己冷靜。

「本來就沒有擁有任何東西的人，也就不會害怕失去吧！」

他撂下了這麼一句話，從容的走了出去。

是嗎？那爲什麼剛剛蔡平昌唸到的每個名字時，都能讓他心驚膽顫！

樓梯間轉個彎，發現厲心棠正站在樓下仰首等著他，她帶著淺笑，雙眼依舊晶亮，總是用期待的眼神瞅著他。

「妳笑得有點過分詭異。」他蹙眉，太過開朗了。

「他找你麻煩了？」厲心棠再度勾住他的手，「有事可以隨時跟我說的，我們是你的後盾。」

「妳？」闕擎搖了搖頭，「眞的動起手來，妳還比我沒用耶！」

「哼，那可不一定！整個百鬼夜行都能是你的後盾！」厲心棠擠眉弄眼的，「要用點話術跟手段嘛，想想，拉彌亞他們都主動幫你看顧精神療養院了！」

是啊，那是因爲他們知道，平靜精神療養院裡有許多被惡魔附體的人類啊！

不過厲心棠的話倒是給了他提醒，「百鬼夜行」不許干預人類的事務，但惡魔的可以對吧！

坐上車，警察正在用無線電確定是否能放他們離開，隔壁的女孩卻突然動手在他的音樂播放清單上忙碌起來。

「找什麼？」他握住她的手，阻止她亂玩他的音樂清單。

「我在找之前唐大姐賣給你的那個驅鬼音樂啊，你記得嗎？去找小狼幼時的孤兒院時，我們被一群鬼圍著動彈不得時，多虧那個音樂把他們嚇走！」厲心棠皺著眉，「你後來都沒有再用了，不然像剛剛或是前幾天在河邊廢屋時，放那個方便很多。」

闞擎略為收緊了手上的力道，「那個用完了，而且很貴，我覺得沒必要！相同的錢可以買更多CP值高的法器。」

「哎！」被圈握得緊了，厲心棠皺了眉，「痛！好了好了！我不亂按就是了。」

闞擎這才意識到過度用力而鬆開手，同時警察比劃了手勢，讓他們離開。厲心棠在旁回顧著剛剛被拖進床墊的所見所聞，加上上吊的兩個人，她幾乎斷定楊萱玫就在附近。

「這附近還有她熟悉的地方嗎？再讓蔡警官查查吧！因為她娘家已經沒人了，否則一個剛出獄的人，眞的除了老家很難有地方棲息吧！」

「我覺得，她現在不需要屋子了。」厲心棠一邊說，一邊拿出手機搜尋。

「不需要躲藏嗎？」

「沒有踩腳物，那兩個人是怎麼被吊上去的？眞的可以憑一己之力把人吊上去嗎？我看大姑跟婆婆體型都比她大很多吧！」

沒錯，闞擎記得那天在河邊廢屋的背影，是個非常瘦弱的身體。

「但用槓桿原理或許可以把人吊上去，至於踩腳物，桌子上再疊椅子也夠高，吊好後把桌椅撤走就好了。」闞擎提出了他的看法，是有點複雜，但楊萱玫這麼瘦小，是不可能一次就把人吊死的。

「不不不，你有注意到嗎？地板上有拖曳痕跡，像拖把拖過一樣！」厲心棠已經思考到別處去了，「尤其三樓最明顯。」

他眞沒留意到，蹙眉搖了搖頭，就連警方破門後，也只留意到腫脹的雙腳。

「雪女2號的事記得嗎？我懷疑那本惡魔咒術書，會根據施咒者的執念，讓他們化成相應的魑魅魍魎、也給予類似的力量，好讓他們完成自己的心願——」厲心棠聰慧的解釋，「楊萱玫所有的執念都在孩子，孩子被殺、希望召魂喚回，這跟拉彌亞一樣啊……」

「妳說的，好像她變成了另一個拉彌亞？」

拖行的痕跡，力大到可以輕易把大姑跟婆婆扛上鐵樑上吊，不需要任何踩踏物，再迅速的離開。

「拉彌亞的孩子被奪走殺死，她終其一生都是爲孩子瘋狂！所以她也這樣吃掉別人的孩子，而且被她吃掉的孩子，連靈魂都不存在……」

這不符合嗎？想要找回自己孩子的楊萱玫，不惜用無辜孩子的靈魂與軀體做交換。

「時間點要注意，這些都是她出獄後發生的事……食人鬼的事才多久，那本惡魔咒術書是長腳嗎？自己尋找下一個使用者？」

每一個使用那本書想達成願望的人，即使最後宣告失敗，但每一次他們都來不及把那本邪惡的咒術書搶過來。

「天曉得！搞不好就是會吸引不惜代價都想達到目的人！不過楊萱玫二十幾年前就做過了，當年她都是找跟米米同年紀的孩子，還嚴重到不挑男女耶！只要能附身都好！」

楊萱玫的確是位非常執著的母親，母愛是很偉大，但不該去傷害無辜的孩子與其他人，不過……她如果理性的話，也就不會發生這麼多事了。

「現在查不到人，但我老覺得那位鄰居似乎有關聯。」

厲心棠滑著手機，新聞又報出新的孩童失蹤案，這事情已經發酵，因爲所有家長開始串連，即使足跡遍佈全國，但眞的像是有人刻意到處綁架孩子啊！

「眞可怕，我有種覺得事情不會停下的預感……思子成瘋的拉彌亞，除了一再的吞噬小孩外，沒有什麼能治癒她的心。」厲心棠感覺心裡堵得慌，「當年是因爲叔叔撿到了我，拉彌亞才停止這樣吃人的！」

換言之，楊萱玫一天沒把她的孩子召喚回來，她便一天不會罷手！在那天到來之前，她便繼續創造無以計數，跟她一樣傷心欲絕的「拉彌亞」。

回到平靜精神療養院時，闕擎就接到了「百鬼夜行」被消防抽查必須暫時關店的訊息，蔡平昌眞的是不遺餘力，但充其量也只能做這種小小警告！他很想建議他們試試看直接綁架厲心棠，這樣事情能解決得可以更快一點——他們被解決。

「闕先生，您回來了。」護理長一見到他，便神情嚴肅的上前。

看那表情，闕擎知道他這裡也開始了，「有人來找麻煩了？」

「又是抽查，這次要安檢的地方更細，每一層、連開刀房跟檢驗室都要。」她抽出一整疊文件，「官方送來的，而且就定在兩天後，我仔細查過不是假造的。」

「不會是假造的……」政府做事，百分之百是認眞，「後天讓大家辛苦一點，配合一下。」

「五樓他們不能進去。」護理長擰眉，「我怕他們要抽查病房，或是個別詢問患者……」

「沒關係，到時五樓全面關閉，電梯設置不停，誰都進不去，就是得麻煩阿森了！這我等等親自去找他講。」闕擎一邊回應著，一邊翻閱著手邊的資料，「又得辛苦你們了。」

「不會，份內的事。」護理長已經在腦子裡盤算規劃了。

她送著闕擎一路到專屬電梯前，闕擎突然止步，看向了她，「最近有人找妳麻煩嗎？」

「嗄？」護理長一愣，「您是說患者們？他們大部分都在控制內，沒什麼大問題，這兩天只有一、兩個敏感型的不願意下床，一直說有大蛇會來。」

看來厲心棠推測的沒錯，那個楊萱玫變成了人身蛇尾嗎？

等待電梯下來，幾個清掃工人經過，闕擎多看了幾眼，總覺得最近不少生面孔。

「最近請了多少人？」

「好幾個，有些人長期待在這裡後，可能因為磁場改變，變得敏感或是看得見那、些，所以最近辭職的人不少。我們也一直在徵人，但現在護理師跟清潔人員依舊不足。」

「留意背景，還有在這裡工作的注意事項，都得提前說明了。」

「我明白。」

「好，辛苦了。」闕擎進入電梯，刷了他獨家的磁卡，按下了五樓，「對了，蘇珊，我們需要義大利肉醬麵了。」

護理長圓睜大眼，直到電梯門闔上前，她連一個字都吐不出來——義大利肉醬麵？

電梯抵達五樓，才剛出電梯，在電梯邊用餐的盲人護理師即刻泛出微笑，「闕擎。」

「嘿，吃飯啊！今天有什麼特別的嗎？」

「這幾天比較躁動，一直在說誰的孩子絕對回不來的事，多半都是瘋笑跟嘲弄。」

五樓，關著最特別的患者，他們體內不但有貨眞價實的惡魔，還是等級較高、也較爲殘虐的！只是很遺憾他們進入了一個能鎖住他們的軀體，不得離開，所以每天各種作怪，讓這些人瘋狂惹事、甚至殺人，最終被他以個人間關住。

五樓這批絕對都是唯恐天下不亂的傢伙，爲了怕他們蠱惑人心，一律採集中管理，每人都住個人房，由一位盲人護理師照料，一個不會被他們突然變化的可怕模樣嚇到，也不會陷入幻境的人。

更棒的是，這位護理師眼盲心明，也是看得見的人。

「有提到施咒或是什麼魔法的事嗎？」

「有，但都是在咒罵……說了咒語是錯的……」盲人護理師認真思考了一下，「還有：半調子的拉彌亞，妳乾脆吞了妳自己的孩子算了！」

闕擎聞言心又沉了一半，把手裡的提袋擱到桌上，「辛苦了，我買了你最愛的冰。」

「喔喔喔，謝謝！」盲人護理師笑著，但不忘仰頭，「出什麼事了嗎？有什麼我可以幫忙的？」

唉，闕擎重重拍了拍老同學的肩，「你果然感覺到了，我們要叫義大利肉醬麵了。」

盲人護理師一顫身子，握著筷子的手變得很緊繃，嚥了口口水後點點頭。

「我明白了。」

盲人護理師以前跟闕擎曾是同學，在中學時被欺凌得很嚴重，後來闕擎協助他就學就業，最終來到了這兒管理最重要的患者。他們寒暄數句後，闕擎再度進入電梯，他的個人房間在七樓，但是，他刷磁卡後卻選擇了六樓。

六樓也有數間個人房，不似五樓的殘虐，但有部分是必須隔離、並保持安靜的區塊，還有許多患者都是被綁在床上，該層樓的護理師禮貌的朝他頷首，闕擎則右拐再左拐再右拐的，來到某間登記在案的病房。

這位是輕症患者，但因爲她常胡說八道影響到其他人，因此被關在了個人房，其實嚴格說起來是乖巧，只在自己的世界裡。

闞擎打開了門上的小窗，透過防彈玻璃看著裡面削瘦、盤腿坐著、面向牆壁，整個人以逆時針方向轉著圈的女人。

碭碭碭，闞擎敲著門，給對方一點提醒，但女人依舊以屁股爲定點轉著圈，一圈、又一圈。

「我們來聊聊吧，鄭海莉！」

第九章 步步進逼

無視於外面大排長龍的客人，警方認眞且無敵細節的搜查了整間「百鬼夜行」，所有的消防設施都一一清查，亡魂能躲就躲，三樓以障眼法遮蓋成正常的辦公空間，孩子們也在結界裡舒適的待著。

「你們好老套喔，除了這招還有哪招？」坐在一樓的厲心棠毫不客氣，「上次那個程警官就用過了。」

「每個禮拜來一次，基本上你們生意就不必做了。」蔡平昌悠哉的回道。

「說得好像我們很缺一天的生意似的！」厲心棠直接笑了起來，「我們休一週也沒在怕的喔！」

蔡平昌無視於她的挑釁，眼神深沉，好似有千百個心機在裡頭轉著。

「我明白你們是依法做事，但一個月兩次消防安檢，是有點過分了。」拉彌亞筆直的站著，一絲笑容也無，「我還是希望大家互相尊重，不要越界。」

「也不是眞的針對你們，可惜你們交到壞朋友，這沒辦法！」蔡平昌一點都不以爲意，「被連累只能算時運不濟，只要闕擎配合，大家就相安無事，不如你們多勸勸他吧！」

闕擎？拉彌亞立即看向坐在高腳椅上的厲心棠，她倒是一臉不悅。

「少拿我們來要脅闕擎，我們才不吃這一套！我不管你們想幹嘛，百鬼夜行沒在怕！」厲心棠哼的一聲高抬起下巴，「放馬過來吧！」

蔡平昌沒立即回應，比了手勢收隊，他們光明正大的從正門出去前，他再度停下腳步，回過了身。

「厲小姐，還是怕一下比較好。」蔡平昌一個警告般的頷首，從容的走了出去。

他的背後是整個國家，那個闕擘再有什麼奇怪能力，也無法與國家為敵的。

「可惡！」厲心棠氣得跳下椅子，「那什麼態度啊！」

「棠棠！之前那個程元成不是死了嗎？這新貨是？」拉彌亞拉住了她，「這樣沒完沒了啊！」

「哎唷！拉彌亞，是他們主動招惹闕擘的！」厲心棠把闕擘的狀況都說了一遍，他有講的、沒講的，還有她猜的。

「我們是不必怕啦，但棠棠……妳是普通人喔！」雪姬擔憂的上前，「妳最近要不少出門？」

「他們能拿我怎麼樣？我沒犯法他們能抓我嗎？」厲心棠不爽的努了努嘴，「你們才要小心，不要不小心露出真面目！我已經找到害死那群孩子的凶手了，那本書眼看著就能拿回，很難不出門！」

拉彌亞這邊正在吆喝準備開店，但也沒聽漏她的抱怨，「找到人了？」

「不算找到，但知道是誰、也確定了她也用了那本書裡的咒法，要把她枉死的孩子喚回來。」厲心棠接著簡單的說了楊萱玫的遭遇，現場至少就有兩位母親，聽了也只有心痛。

「雪姬，妳記得上次那個涂惟潔嗎？她的遭遇跟妳類似，死腦筋的緊守承諾，所以她變成了半調子雪女……然後，這位孩子被意外燒死的楊萱玫，不停的從他人手中奪走孩子，爲了讓自己孩子還魂——」厲心棠瞄向了拉彌亞，蹙了蹙眉。

拉彌亞平靜的凝視著她，「她變成了……我？」

「我看見蛇尾拖曳的痕跡了，我覺得很像……好吧，我眞的覺得是。」厲心棠有九成的把握，「失蹤案件裡，每個嬰孩都是在母親眼皮底下被偷走的，楊萱玫簡直在製造跟她一樣痛苦的人。」

「惡魔的東西果然都很有創意，能把正常人變成我……」拉彌亞及地的馬尾巴自然的晃動起來，「我的詛咒卻褪也褪不掉。」

而且她也無法讓自己的孩子還魂，她只是一直吃掉別人的孩子罷了。

一提起傷心事，雪姬立即朝厲心棠使眼色，別哪壺不開提哪壺啊！

「這——這就是惡魔啊！我們今天找到二十幾年前她殺的六個……五個孩子了，當年她找的還是幼稚園歲數的孩子，這次出獄後就變成更小的嬰幼兒了……這是想要從小養成嗎？」厲心棠倒是不解這邏輯，「但她如果得到了力量，變成人身蛇尾，我反而就覺得難找了。」

離開人群，離開監視器範圍，隨便一座山都能讓人找煩。

雪姬下意識的計算起在「百鬼夜行」裡的孩子亡魂，再聽到厲心棠找到五具屍體，所以算起來——

「那個媽媽已經殺了二十幾個孩子？但她都沒有成功嗎？」她開始覺得荒唐，「都這麼多個了，表示那召魂咒有問題啊！」

不只，厲心棠懶得解釋。

一個接一個的綁架、一個接一個的施咒而死，但別說有沒有召回她原本孩子的靈魂了，看起來連個路人甲的魂都沒召回來啊！

「沒用的，她不會在意的，她會一再的嘗試，直到把自己的孩子喚回來。」

一旁的拉彌亞，感同身受。

一同為難了其他母親幾世紀的她，比誰都瞭解楊萱玫的心聲吧！

依照普世價值，這樣的行為是令人髮指的，厲心棠也明白，但是不屬於人類的法則中，她不會對拉彌亞做任何批判。

「現在就是找到她、拿回那本書……如果她不願停止的話，也只好解決她了。」厲心棠是希望不要演變成這樣，但是基本上使用過那本書的人，最後都無力回天。

「她如果真的變成蛇身，那不會曝露在一般人面前的，妳今天在哪裡找到她的？」拉彌亞今天倒是熱心。

「在T區，她婆婆老家那邊，但不能確定她是不是依舊待在那兒，只知道至少三天前還是在的，畢竟她婆婆的屍體死亡才三天左右……」厲心棠邊說，卻發現拉彌亞的臉色變得相當難看，「拉彌亞？怎麼了嗎？」

「那裡……附近也有個地方……」拉彌亞神情嚴肅的喃喃說著，「那邊不太安全，你們絕對不能過去。」

不太安全？厲心棠眨了眨眼，「有、有什麼在那裡嗎？」

拉彌亞沉重的點點頭，「那裡有非常多的怨魂，而且也有許多惡鬼棲息，總之是片陰邪之地，闕擎應該看得見吧？總之絕對不能往那邊去！」

厲心棠敷衍式的點著頭，她是不知道附近的山林是何屬性，但是如果是邪氣甚重的地方，是不是更適合使用惡魔術法的人躲藏？現在的楊萱玫已經是拉彌亞

2號了，不能把她當正常人看待了對吧！

「或者把她偷孩子的失蹤案地點標出來，預防她再有機會去偷孩子。」雪姬提出了另一種想法，「我看了新聞，孩子失蹤案已經全數冒出，父母人人自危，沒人敢讓孩子離開自己的眼皮子底下。」

「但她的靈魂應該已經被蠱惑侵蝕了，一切都干擾不了她，她只想要孩子回來，基本上入獄二十幾年，出來還繼續這麼做就知道她有多執著了。」厲心棠思及此有幾分感嘆，「有人爲了孩子不惜墜入地獄，殺這麼多人也要喚回孩子，而我的母親卻生下我就把我丟垃圾箱了，差別眞是有夠大的！」

見著她用如此稀鬆平常的語氣說著殘酷話語，現場所有人只有一陣尷尬，拉彌亞趕緊上前，一把就抱過了她。

「妳不需要那種母親，我比她更愛妳。」她寵溺般的緊緊抱著她。

厲心棠泛起微笑，甜蜜的回擁，「我知道。」

不遠處吧台內的金髮美男看著這一切，腦子裡的警鐘拼命敲著，最近的拉彌亞努力得有點過分了。

「我永遠都在的。」拉彌亞吻了她的臉頰、她的額頭。

嗯！厲心棠用力的點頭，「我從未懷疑過！」

拉彌亞笑出幸福，但旋即打起精神，因爲「百鬼夜行」準備開店，外頭排隊的客人都等得不耐煩了呢！

厲心棠也趕緊去做最後確認，到門口瞥了眼對面的街友們，這些天使員的比員工還準時。

「等等客人會比較急，也有人會問發生什麼事，就說例行檢查就好了。」她交代著門口的兩個正太小吸血鬼，然後留意到站在門口的車禍鬼，「嘿！你在這裡做什麼？」

車禍鬼回頭，那壓扁的頭顱歪了歪，「我好像想起了什麼……」

「是嗎？很好啊，確定想起前要說一聲喔，至少做個職務交接。」厲心棠伸手拉他，因爲他被撞得支離破碎，兩隻腳的韌帶都斷了，走起來格外辛苦，拖著他走比較快。

「那個……棠棠小姐，我發現一件事情耶！」車禍鬼突然不安的反抓住她的手。

嗯？厲心棠皺眉，附耳過去，車禍鬼喃喃說了一些話，她詫異的望向他，接著便不動聲色的讓他準備工作。

她到後廚去，先隨手整理了一包廚餘，出來時已經聽見了搖滾舞曲，店門已開，客人正陸續進來；她走到一樓最後面的小門口，那兒是他們每天倒垃圾的地方，後方是個極窄的小巷，放了兩台垃圾子母車，僅供「百鬼夜行」使用。

探頭張望，他們後巷完全沒有路燈，因爲負責倒垃圾的都是鬼，他們眞的不需要路燈！厲心棠打開手電筒，隨手扔了一包垃圾進去，突然抬頭往上看，一抹黑影飛快的消失，但是空中卻緩緩的落下了一枚黑羽。

厲心棠伸長了手準確握住了羽毛，是擁有黑翼的惡魔啊……

「無意打擾，但是我有事情想請教！」厲心棠打開了手機照片，「我想請教一下，這個魔法陣在惡魔世界是眞實存在的嗎？」

她將手機向上，高舉向半空中，都有專人在此了，不請教未免太浪費了。

後巷死寂一片，但她知道對方一定在。

就這麼對峙了幾分鐘，厲心棠手都舉到痠了，只能失望的放下手機。

「百鬼夜行歡迎各位光臨，但請走正門，以客人身分來訪！但店的前方有幾個天使在盯著，各位叔叔阿姨也是得低調點。」厲心棠禮貌的說完，失落的轉身離開。

店裡最近爲什麼這麼紅？正門那幾個天使都盯幾天了？現在後巷連惡魔都出現了？

『那是獻祭的陣，跟召魂一點關係都沒有。』黑暗的空中傳來忽男忽女的聲音，『利維坦人呢？』

女人緊張的左顧右盼，牢牢握著嬰兒車，加快腳步朝家的方向走去，嬰兒車裡的孩子睡得正熟，她不時的往裡望，得看著孩子她才會心安。

「妳別搞得我也很緊張好嗎？」身邊的鄰居太太牽著孩子，緊繃的說，「我們走在一起，孩子在嬰兒車裡，會有什麼事嗎？」

「我看新聞說，有人的孩子也是放在嬰兒車裡，但一閃神孩子就不見了！」女人憂心忡忡的，「搞得我現在神經緊繃，要不是家裡沒人顧，我根本不敢帶他出來！」

「沒事的！路這麼大，燈又這樣亮，人車也不少……」說著，就有好幾輛車呼嘯而過，「而且就快到家了！」

最近新聞鬧得沸沸揚揚，她才知道全國已經失蹤二十幾個孩子了，年紀大部分都在一歲以內，目前全部下落不明，而且幾乎都是在父母眼前被抱走或搶走，人多的地方便是趁父母玩手機或是閃神的瞬間，總之對方很快就隱匿到人群中隱藏了行蹤，即使警方調閱監視器，卻仍遲遲抓不到人。

最近的幾起更可怕，連在嬰兒車裡都能不見，甚至連是誰偷的都沒看見！

「媽媽！我想吃雞蛋糕！」鄰居牽著的孩子喊著，因爲他看見馬路對面有攤販。

「今天不行，回家就要吃飯了！」

「啊……我想吃啊！」孩子鬧著，鄰居太太也只能安撫。

突然間，她們身後傳來刺耳的煞車聲，嚇得人人都往後望去！看著剛剛駛過的黑色車主下了車，臉色比他們還難看的原地繞了一圈，兩手一攤。

「人呢？剛剛差點撞到一個人的啊！」

女人搖了搖頭，她們走在前方，不知道剛剛有誰吧，現在放眼望去，整條馬路上也沒什麼行人啊！

「走了走了！」鄰居太太催促著，沒撞到人都是好事。

女人在緊繃狀況下被這麼一嚇，就更緊張了，懸著一顆心趕緊要回家，只是正首才往前兩步，卻發現嬰兒車裡的孩子——不見了？

「咦？孩子呢？」她驚恐的抬頭，環顧四周，「小寶？小寶？」

鄰居往下一探，嬰兒車裡竟空空如也！但是現在前後左右完全沒有其他人，就算剛剛有人把孩子偷走，那人在哪裡？

「我的孩——我的孩子呢！」女人瘋狂的往路旁衝去，「把孩子還給我啊啊——」

還給我啊啊……隱約的，母親的聲音迴盪著。

但有道身影正疾速的遠離，她快到不像是人類，穿過了暗巷、樹叢，來到荒僻的路段，鑽進了小樹林、再進入大樹林，最後來到了一整片幽靜黑暗的沼澤地。

她雙腳不著地，因爲她根本沒有雙腳，女人有條如蟒蛇般的尾巴，她得以順利的移動著，比用雙腳快多了，蛇尾啪啪的掃著水面，沼澤裡有多隻手與眼潛藏著，都來不及攫獲那有勁的蛇尾。

女人緊緊抱著依舊熟睡中的孩子，穿過了沼澤地後，終於到達岩壁下方，斗折蛇行的向上爬去，直抵壁上山洞。

曾幾何時，無論泥濘髒濕、崎嶇不平都不再能影響她，她的蛇尾堅硬有力，可以支撐起數倍的力量，也不畏懼這些磨擦。

這裡是某區的小山林，山裡有已開發的步道，而這塊是未開發區，除了沼澤外，還有陡峭的岩壁，根本不會有人輕易涉足；距離地面十餘公尺處，有些生命力強的樹木生長著，背後隱藏著山洞，因爲洞口有樹木遮擋並不明顯，但裡頭卻相當巨大。

女人抱著孩子，來到了洞穴中一處平坦的平地，角落躺著一個已被割斷頭子的屍體，地面則早已用該死者的鮮血，畫出了一個她閉著眼睛都能繪出的魔法陣了。

「嗯……」孩子突然醒了，睡眼惺忪的望著她，然後卻露出天使般的笑容。

「嗨！」她笑了起來，親吻了孩子白嫩的臉龐，「眞是好孩子！」

肥肥的小手舞動著，女人好整以暇的把孩子放到法陣中央，她迅速的點燃法陣周圍擺放的蠟燭。

「一點點痛，沒事的，你忍一下！」女人挪到中間，輕柔的安撫著嬰兒，手上卻已握著沾滿血跡的刀子，「等等妳就會是我的米米了，媽媽在等妳喔！快回來吧！」

她一邊說著，一邊殘忍的在那小小的手腕內部，割出了十字。

伴隨著嬰孩悽厲的啼哭聲，咒語開始唸出，她已經倒背如流了，她到一旁等待著她的孩子歸來、能睜開眼睛，對著她喊出一聲：「媽咪。」

隨著嬰孩哭聲漸弱，蠟燭燭火劇烈搖晃，她再次看見有陣青霧從法陣匯集，那是靈魂對吧！它從嬰兒的十字傷口及七孔中鑽了進去……小小的嬰孩開始抽搐，女人緊揪著一顆心。

醒來！醒來！拜託這次要成功，讓米米回來！

蠟燭熄滅了，嬰孩不再哭泣，但是她期待的睜眼或是呼喚都沒有出現。

「米米，我是媽咪。」她虛弱的在法陣外呼喚，「米米？」

米米……米米……回應她的，是這個洞穴裡傳來的回音。

爲什麼？女人打開手電筒，婀娜的移到法陣內，法陣中間的嬰兒全身已僵硬成青紫色，他的眼眶全白，小嘴微張，已經斷了氣。

「爲什麼……」楊萱玫痛苦的哭了起來，「爲什麼妳沒回來！米米，是媽媽啊！」

是媽媽啊啊啊啊……悲痛的回音打到她身上，洞穴裡突然充滿悲傷，她不懂啊！每一次她都覺得一切都很完美，每一次她都可以看見有靈魂鑽進了軀體裡，但爲什麼米米就是回不來！

她試了這麼多具身體，眞的就沒有一個能讓米米依憑嗎？

而且書上明明寫了，即使是不同的孩子，連外貌都能變成米米，這樣其實什麼樣的身體根本不重要，可是爲什麼靈魂進入後，不但米米沒回來，連這孩子都沒有辦法活下去？

「我一定是哪裡弄錯了，我究竟哪裡弄錯了？」楊萱玫崩潰的喊著，「我的孩子啊啊啊……」

她抱起死去的嬰孩痛哭失聲，死了這麼多人，她也已經變成這樣了，卻完全喚不回她的寶貝、那個無辜被燒死的孩子！

楊萱玫覺得腦袋嗡嗡作響，她不知道是不是因爲太久沒睡的關係，好累！她忘記上次睡覺是什麼時候了，因爲她不再感覺到餓，眼睛也閉不上了……她不知道原因，但是她就是再也無法眨眼。

她二十四小時都醒著，所以會一直重覆看見米米燒焦的屍體，那具面目全非的人形木碳，還會聽見幽遠的哭聲，哭喊著媽咪、媽咪，那是米米的聲音！是媽咪無用，妳一直等待著，媽咪卻無法把妳喚回來！

楊萱玫不理解自己哪裡做錯了，她到一旁的石頭縫中取出一本皮革封面的小本子，輕易的翻到了她要的頁面，她檢討過無數次了，法陣的每一筆畫都沒錯，咒語也沒唸錯，需要一個祭品、以鮮血繪陣，再來是需要一個供附身的身體。

「到底哪裡錯了？我的小斑鳩？」楊萱玫失神的自問自答，爲什麼？

沙沙沙……清楚的拖沙聲傳來，楊萱玫陡然一顫身子，她慌張的把本子藏回石縫裡，但才剛塞進去，黑暗中就有一股力量掃來，瞬間把楊萱玫打飛至少十公尺外！

她由下而上，重重的撞上了洞穴頂部，再度狠狠摔下，臉上身上處處是傷，但她沒有死，而是極為恐懼的趕緊爬起來，用未斷的左手撐起身體，嚇得躲縮到一旁！

「我說過這裡不允許出現惡魔的東西，妳竟敢把那東西藏在這裡！」

盛怒的聲音傳來，低沉的迴盪著，楊萱玫嚇得伏低了身子。

「對不起，對不……」她邊說，突然吐出了一大口血！「我一定把它處理掉，我、我怕記不清，因為剛剛我孩子又沒回來！」

人影終於在黑暗中出現，藉由蠟燭的燭光，來人瞥了眼地上的兩具屍體，露出了嫌惡的神色。

「我的洞穴裡不允許出現屍體，盡快解決掉，別弄髒這裡！」

「是……是……」楊萱玫抬頭看著來人，傷心得情難自己，她抹去嘴上臉上的血，緩緩挪向了來人，「我哪裡錯了？請告訴我，我哪一步做錯了？」

她以顫抖的手抱住了對方的雙腳，卑微的請求一個答案。

「百鬼夜行的店規是不允許干涉人類事務，我的確不知道失敗的原因，但即使我知道了，也不可能告訴妳。」楊萱玫抱住的腳，一秒鐘又成了超級巨大的蛇尾，「妳這仿冒的傢伙，快點把那具屍體給我挪出洞穴外！」

藉著蠟燭的光，楊萱玫看著那藍綠色的蛇尾上有著星芒流動，對比她這瘦小又黑的小蛇尾，真的是小巫見大巫！戰戰兢兢的抬頭，看著對方拎起了剛死去的嬰兒，細細端詳後，喀骴一口吞下！

而楊萱玫只能謙卑恭謹的低首：「是的，拉彌亞。」

早晨七點半，世界開始活躍，學生與上班族陸續出門，一日即將開始——除了首都知名的夜店街外。

寧靜街一片安靜，所有夜店都在六點前關店，就連開最晚的「百鬼夜行」也在早上六點關上大門；寧靜街沒有任何住家，全都是夜店，因此這個時間，是寧靜街最安靜的時刻。

幾輛車子悄悄的停在了「百鬼夜行」門口，幾個男人迅速下車，他們都穿著黑色外套與鴨舌帽，口罩戴得很緊，一下車就往旁邊的小巷去，而載他們的車子，也是立刻駛離。

兩個人影一路抵達「百鬼夜行」的後巷，垃圾子母車雖有加蓋，依然有著垃圾臭味，來人手提著再明顯不過的汽油桶，直接朝著垃圾車裡澆灌，另一個則循著後門口與整棟建築物外圍，淋出了一整道汽油線。

澆淋完畢，兩人對視後頷首，即刻拿出打火機，就著地面點燃了——嚓嚓，點不著？

咦？男人狐疑的看著自己手上全新的打火機，但怎樣就是打不著火，隔壁的夥伴忍不住了也掏出自己的打火機，不過情況如出一轍，連一點火星也沒有。

正努力著，卻突然發現汽油的倒影，映出了一雙腳！

喝！他們倏地抬起頭，卻看見一個支離破碎、雙腳斷裂成不規則扭轉，四肢被扯開、頭顱被壓扁導致五官凸出的人，站在他們面前。

『有……事……嗎？』車禍鬼吃力的問著，全身的血接著不停的滴落。

滴答滴答，就落在了他們剛潑灑的汽油上！

兩個男人都傻了，眼前的人怎麼可能是、是、是人呢！他們摀著嘴回身就要跑，卻迎面撞上了一顆騰在半空中的頭顱！女人的頭顱有著極長的頸子，正不解又生氣的瞪著他們！

「你們想放火燒死我們嗎？」

「哇啊啊——」白日見鬼是第一次，不！他們壓根兒沒想過會遇到這種東西！

爭先恐後的欲衝出巷子，一道身影驀地出現，他們不可思議的瞧見了自己的分身，來不及反應，就看見來人的大嘴一張，撐到幾乎可以吞掉他們——喀嚓！

「阿天，吃相好一點啊，血濺得到處都是！」長頸鬼抱怨著，頸子縮回二樓的窗邊去。

車禍鬼拖著其實無法行走的腳過來，手裡已經握著拖把了，巷口的男人舔舔嘴，一臉滿足的衝著他笑。

「辛苦了！謝謝！」他瞇起眼，一轉眼又化成蘿莉女孩，踏著可愛的步伐，蹦蹦跳跳的穿牆而入。

車禍鬼沒吭聲，吃力的拖地，瞥向牆上的鮮血，趕緊從圍裙上取下抹布，努力的擦拭乾淨……這裡不是店內，應該不算壞了規矩吧！

而五十公尺外的路邊，車內的人正嚴肅的從後照鏡看著現在應該要冒出火花的「百鬼夜行」。

「怎麼回事？聯繫他們？」

「聯繫不上啊！」前座的人回應著，「也一直沒看到他們出來！」

組長嘖了一聲，「走！立刻離開！叫他們終止任務，回隊報到！」

下屬聞言即刻開車離去，組長拿起了手機，嚴肅擔憂的一邊回頭，一邊打電話往上報告。

「報告，失敗了。」

電話那頭頓了幾秒，深怕自己沒聽清楚，「失敗了？什麼叫失敗了？只是放個火……」

「報告，不知道爲什麼火沒燒起來，而且派去的人也沒有出現！」

「撤。」

電話即刻掛斷，遠在寧靜街與大路口的黑車中，坐著不可思議的蔡平昌！他看著他派去的車子從寧靜街駛出後左轉而去，再望向寧靜街尾的「百鬼夜行」，毫無黑煙！

他們知道「百鬼夜行」的員工是住在這裡的，所以交代只燒後門給個警告，讓他們可從前門逃跑，但是……怎麼會連燒都沒燒起來!?

「該死！」他使勁搥下前座皮椅，他剛剛都已經發訊息給闕擎，告訴他「百鬼夜行」即將被火舌吞噬了，結果現在連道煙都沒有！

「警官，我記得……章警官說過，別動百鬼夜行。」下屬認真交接過，語重心長。

「我們的目標是闞擎。」蔡平昌深吸了一口氣，「瞻前顧後是完成不了大事的！」

下屬不再說話，只是覺得章警官這麼交代，應該有他的道理，畢竟他可是專門處理「特殊案件」的專家啊！

「走！」蔡平昌下令。

沒關係，闞擎的弱點這麼多，今天燒不成一棟屋子，難道還對付不了人嗎？

第十章 施咒者

「欣賞吧，那間夜店已經在火舌中了。」

「啊……」闕擎又打了個呵欠，看著手機裡的簡訊，帶著冷笑的用滾燙的熱水沖了杯咖啡，悠哉悠哉的坐在桌前，電腦螢幕顯示著本日新聞，並沒有任何火災消息。

不意外，傻了嗎？想對「百鬼夜行」縱火？他尊重佩服。

不過這件事倒是讓他更明白國安局的人會做到什麼地步，有整個政府跟司法當後盾，他們絕對可以爲所欲爲，燒掉區區一間夜店算不了什麼，未來更過分的事都有可能。

他總會想起被一槍爆頭的程元成，爲國服務的他，必要時一樣立刻解決，也沒有聽說他家人有什麼意見，不知道用了什麼藉口，搞不好還把鍋推到他身上，說他因公殉職，被闕姓目標所害。

殺掉同僚都敢了，他們爲了逼他就範，只怕就沒有不敢做的事。

這情況他童年遭遇過了，只是沒料到這個國家居然這麼看重他，想想普通人的一生能這麼有價值也算值得了！

桌邊擺著那條從楊萱玟身上搶下來的項鍊，他始終沒跟厲心棠提，昨天在命案現場的全家福照中，隱約的瞧見楊萱玟身上的確戴著項鍊，但都沒有露出鍊墜部分，不過材質顏色應該是同一條沒錯。

在查清楚前，他不打算告訴厲心棠項鍊的事。

打開地圖，開啓衛星搜尋昨天命案現場附近的地區，昨天一到那兒他就隱約猜到楊萱玫可能的藏身之處；T區在他剛來這個國家沒幾年時就知道了，因爲那兒有一大片濕地沼澤，裡頭沉了太多的怨魂。

在他眼裡，那一片溼地果然漆黑深沉，他嘆口氣，一口氣喝完咖啡，抓起項鍊，事情還是要速戰速決的好。

電梯抵達一樓，護理長已經在那兒等他了。

「闕先生早。」她目光炯炯的看著他，「義大利肉醬麵已經快準備好了。」

「好，麻煩各位了。」闕擎看向背後的整個團隊，「我有事要離開，等等唐家兩姐弟會過來跟你們討論用餐的事。」

幾個醫護人員有點錯愕，「您不陪我們……」

「我離開才是對的。」闕擎搭上護理長的肩頭，加重了力量，「我知道很累，短期內發生太多這樣的事了，所以我想一次解決。」

感受到肩頭的力道與闕擎的沉重，護理長只是回以笑容。

「我們都明白！請放心去做您的事，剩下的我們會處理。」

她的老闆是神祕的，她也不是傻子，知道這間精神療養院、知道老闆都不是單純的人，但她無所謂，因爲在這裡絕大部分的醫護人員，都是被老闆救贖的人。

這間精神療養院，開啓了他們新的人生，所以每個人都會盡心盡力。

闕擎沒有太多反應，從容的離開，初春雪剛融，氣候反而比冬日更寒冷，精神療養院對面的銀杏林早是枯枝一片，但也頗有淒涼之美；開車前他決定告訴蔡平昌答案：

「別想威脅我，不要打擾我的生活，我不會爲任何人辦事，永遠不會。」

驅車離開，今天沒有要去接厲心棠，因爲他想獨自去會會那位楊萓玫。

他想問問，爲什麼厲心棠會有條跟她一樣的項鍊？

半透光的簾子過濾了大部分的陽光，今天天氣陰暗，所以房裡過午還是略顯昏暗，拉彌亞坐在床沿，平靜的等待電子鐘跳到了十二點，俯下身子，輕柔的搭上熟睡女孩的肩頭。

「棠棠，起床囉！」

「嗯……」抱著被子的女孩皺著眉，懶洋洋的應著，一邊又往被子裡埋深了點。

「棠棠，很晚了，該起床了。」拉彌亞附耳在旁，說話輕柔不已，手還輕拍著厲心棠的手臂。

「嗯……」厲心棠轉醒，她伸了個懶腰，睜開惺忪雙眼——「咦？」

她倏而轉過去，狐疑的瞅著在上方的女人。

拉彌亞雙手撐在她身體兩側，正笑著看她。

「瞌睡蟲！太陽眞的曬屁股了！」拉彌亞寵溺般的以食指尖輕掃了她的鼻頭，「起床了，我做早餐給妳吃。」

厲心棠抓著被子半坐起身，「拉彌亞？妳怎麼跑來了？」

「我不來叫妳，妳幾點才要起來？」拉彌亞起身朝房門外走去，「我還得過來打掃一下，不然等老大回來掃嗎？」

「噢……謝謝。」厲心棠呆呆的看著出去的她，眉頭微蹙。

拉彌亞到這個家來不是什麼特別的事，但她怎麼可以隨便進她的房間啊！連叔叔跟雅姐他們都很久很久不曾擅自進她的房間了！這是隱私問題啊！

從店裡到家的通道出口是她衣櫃，但那是專屬她的通道，拉彌亞他們有別條通道的，所以她不可能出現在她房間！

當然爲這種小事跟拉彌亞吵也有點奇怪，畢竟拉彌亞也是除了養父母外，跟她最親近、最照顧她的人……可能只是一時叫不醒她吧！厲心棠只能這樣安慰自己，她趕緊洗漱，換了身衣服，再拿起手機查看。

闕擎沒找她啊……他現在對她連做樣子都沒了，明明就有智慧型手機，就是不給她社群帳號，也不回她訊息，眞的是很討厭的傢伙！

「哇塞，好香喔！」一出房門，滿室都是食物香氣，「妳做什麼好吃的啊？拉彌亞！」

「妳最喜歡的煎餅！」拉彌亞正在廚房忙碌，回眸時笑得極美。

厲心棠到一旁拿過早煮好的咖啡，爲拉彌亞跟自己斟上，開心靠近，「早餐有人做好的感覺好爽喔！」

「說得好像雅姐都不會幫妳做似的！」拉彌亞輕鬆一翻鍋，鍋裡的煎餅拋出漂亮的金黃色。

「科科，妳認眞的嗎？雅姐做飯？」厲心棠想到還會怕，「比起來叔叔都是廚神了。」

一邊的爐上是煎餅，另一邊是燙青菜跟煎蛋，不一會，營養滿分又色彩繽紛的早餐盛盤，拉彌亞端上了中島，兩個人愉快的面對面坐著。

厲心棠自然是幸福的大快朵頤，但還是不免多瞄了拉彌亞幾眼。

「怎麼？不好吃嗎？」拉彌亞留意到她的視線。

「不是……呃，發生了什麼事了嗎？」她小心的問，「今天怎麼突然這麼好，又來叫醒我又煮早餐給我吃的？」

拉彌亞有一絲失落，「要發生事情才能對妳這麼好嗎？以前妳小時候我也很常做早餐給妳吃啊！」

厲心棠尷尬的笑笑，「也對……很久了吧，小時候……」

成年後，她要求出去打工，不希望一輩子的生活環境只有「百鬼夜行」；出去後各種歷練，她也的確獨立許多，家務也能自己處理，叔叔也只是偶爾幫她，其他時候不是買外面，就是回店裡讓餓死鬼做給她吃，總之……她長大了。

「我一直很想這樣的，每天叫妳起床，照顧妳。」今天的拉彌亞散發著一股溫暖的光芒，「煮飯給妳吃，看著妳吃得開心，我就很幸福。」

「好吃！拉彌亞煮飯最好吃了！」這是肺腑之言，要不是店裡有一個餓死鬼，她一定都吃垃圾食物長大！

「快吃吧！吃完帶妳去一個地方。」

喔喔，來了！厲心棠眨了眨眼，這才是拉彌亞的目的吧？「哪裡？」

拉彌亞笑著搖頭，「妳不是想找那個拉彌亞2號在哪裡嗎？我說過，我應該知道她在哪裡。」

咦！厲心棠雙眼發亮，即刻狼吞虎嚥的吃著煎餅，語焉不詳唸著，「那個危險的地方嗎？我來跟闕擎說！」

「不行找闕擎！」拉彌亞當即握住她的手腕，阻止她打電話，「我沒有支持你們在一起，店裡現在才剛被找麻煩，我希望妳暫時離他遠一點！」

唔……厲心棠眉頭都揪起來了，不、不找闕擎……

「跟我去比跟闕擎去可靠吧，他的確有都市傳說的力量，但終究也只是個普通人——再說，這件事是妳要查的，闕擎每次都是被妳拖著走對吧！」拉彌亞說的話，讓厲心棠毫無反駁之力，「他現在分身乏術，妳該多體諒他的。」

厲心棠咬了咬唇，有點不甘心還是點頭了。

「我知道，那個蔡平昌在找他麻煩，他也很不願意給店裡帶來困擾，我的確不該一直影響他！」呼，她同意得還是很勉強，「跟拉彌亞去我沒什麼不放心的，但是——妳不能插手人類事務啊！」

「如果對方已經不算人類呢？」拉彌亞挑了眉。

實施惡魔之咒的人，還能算人類嗎？厲心棠腦子轉著這問題，上次古明中學的老師變成雪女2號時，她究竟屬於人類？還是妖怪？不過那個老師沒有死，也稱不上鬼啊！

她突然發現一個很糟的問題，試圖利用那本惡魔咒術書達成願望的人，是不是把自己變成人不人鬼不鬼妖不妖的狀態了？那被他們殺掉後，那些人的靈魂還能存在嗎？

早餐吃完，拉彌亞主動說要洗碗盤，讓厲心棠去準備要帶的東西，她回到房間收拾一下，老實說，這種被照顧的生活真的挺好的，雖說以前就是這樣，但是，拉彌亞的感覺更像是……

媽媽。

由她帶著拉彌亞穿過衣櫃，便回到了「百鬼夜行」的三樓小方間，才剛走出，就聽見雪姬跟阿天在爭執。

「我已經在店外、店外了！別跟我鬧好嗎？」阿天還是一副小蘿莉樣，「店規是店內不得殺戮啊！」

「但連德古拉都不會在後巷吃人啊！」

「我願意的嗎？他們要縱火燒店耶！」阿天氣呼呼的雙手插腰，「難道讓他們燒？」

厲心棠一怔，瞪圓了雙眼，倏地回頭看向拉彌亞。

「沒事的，清晨有人到後巷縱火要燒店，亡靈們先感應到，便把他們嚇跑，不過……阿天一口吞了他們。」拉彌亞擰著眉走向他們，「在店外應該不算大事，如果眞的違規，老大早就出現了。」

「他出現我也不怕，我可是天邪鬼！」阿天哼的一聲，轉身進入孩子亡魂的房間。

「縱火也太超過了吧！對我們店裡有這麼大的仇恨？」厲心棠簡直不敢相信，還白日縱火，「要不是我們店本質特殊，豈不是就燒死了？」

「他們只在後門縱火，前門都沒動，警告意味居多！是車禍鬼最先發現的，他說是熟悉的車子。」拉彌亞意有所指，「是那些警察。」

厲心棠頓時明白，是衝著闕擎來的。

「他們不惜燒我們的店，就爲了逼闕擎就範嗎？」厲心棠暗暗握拳，這樣子，現在的闕擎應該正承受更大的危機啊！

「那個新來的到底是想要什麼？不惜縱火有點扯了！」連雪姬都不解。

「闕孳不跟我說，他想自己解決吧，但是……他能嗎？」厲心棠憂心的轉向拉彌亞，「拉彌亞，我知道妳不喜歡闕孳，不必幫他沒關係，但是他的精神療養院——」

「狼人這幾天有事，他必須回他的老家去，我們只能盡量——但妳看，雪姬必須照顧孩子們，亡靈進不去都是結界的精神療養院——」拉彌亞望著她，「我現在要帶妳去找另一個地方……」

阿天看心情、德古拉白天還在睡、長頸鬼不能指望，厲心棠在內心早就盤算了一遍。

「走吧，去找那個楊萱玫。」厲心棠只猶豫了兩秒，「闕孳自己能解決自己的事，我只想快點停掉殺嬰的循環。」

還有那本書。

拉彌亞滿意的泛起微笑，棠棠就是棠棠，不愧是在「百鬼夜行」長大的孩子，永遠知道孰輕孰重。

「你們要外出？去哪裡？」雪姬有點哀怨的問，因爲她都只能在家顧孩子。

不過之前首都冰凍的事鬧得太大，拉彌亞也懷疑來監視的天使是爲了她之前的失控來的，所以雪姬也不太敢貿然出門。

「我們要去找那個拉彌亞2號！」厲心棠拜託著雪姬，「孩子們繼續託妳照顧囉！」

拉彌亞2號？雪姬聽得又是一臉不悅。

「那本書要害死多少人？爲什麼大家都想利用邪魔歪道去成全自己的心願！」身爲受害者的雪姬，絕對的感同身受。

幾百年前，她就是因爲丈夫的貪婪，導致她活埋在雪山，才成爲鬼、進而化爲雪女的。

「這就是人啊！」厲心棠無奈的笑笑，「說不定某一天我也會這樣呢！所以我想趕快把它拿回來。」

「老大不幫忙嗎？」長頸鬼覺得很怪，那東西應該是屬於惡魔的吧？

厲心棠搖了搖頭，「干預同族好像就更過分了點！我來處理就好，而且我不想再有更多的嬰兒死掉了！」

況且，他們店前有天使監視、店後有惡魔盯梢，這模樣就是在等著叔叔他們回到店裡的吧！完全守株待兔模式！

雪姬一路送他們出門，低聲問著要去哪裡？晚上回不回來開店？拉彌亞敷衍的說盡量趕回，不行的話讓雪姬坐陣，阿天得下樓幫忙，還有德古拉在，倒不必憂心，照常開店便是。

關上側門的鐵門，雪姬目送著他們遠去，腦子裡還在盤旋著他們要去的地方，T區、沼澤地帶，拉彌亞2號可能潛伏之地？她爲什麼覺得心口有點悶悶的？好像有什麼事不對勁啊！

「拉彌亞，可以再要一箱養樂多嗎？」小蘿莉蹦蹦跳跳的從後面走出來。

「我怎麼覺得不太對啊……」雪姬咬著指甲踅回店裡，「爲什麼拉彌亞突然要帶棠棠出去？她不是一直都反對棠棠管人類的事嗎？」

「我想喝養樂多。」小蘿莉沒有在聽她說什麼。

「德古拉還在睡嗎？」

嗯？阿天歪著頭，嘴裡還咬著棒棒糖，「才一點耶，他才剛入睡沒多久！妳幹嘛一臉煩躁啦，我想喝養樂多。」

T區的沼澤地，可能是那個拉彌亞2號躲藏的地方，有點太過巧合了……因爲——拉彌亞的巢穴就在那裡啊！

黑髮男子坐在便利商店裡的小桌邊，邊上擱著飲料，眉頭深鎖的看著手機裡的訊息，附近幾個高中少女正偷偷瞄他，很大聲的悄悄話說著那個看起來極具高貴感、像二次元走出來的男人，但因爲外表看上去冷若冰霜，她們也不敢亂上前，只能興奮的吱吱喳喳。

電動門開啓，一個女孩輕快的走了進來，一屁股直接坐到了他對面。

「哈囉兒！」女孩拿下帽子，「約女孩在這裡吃飯，很寒酸耶！」

闕擎抬首，挑了挑眉，「我沒有要約妳吃飯，了不起喝個飲料。」邊說，他把早買好的罐裝柳橙汁推到她面前。

「你態度好差喔！這一點都不像是有求於人的態度！」她嘖了好大一聲，「我先問，章警官跑到哪邊去了你知道嗎？我找不到他了！」

「調職，我也不清楚現任單位，你們又惹上什麼事要找他嗎？現在接任的是一位蔡警官。」

「我知道啊，見過了，很討人厭。」她說得稀鬆平常，聳了聳肩，「我一看到他就不想說話了！我只是有禮物要給章警官而已。」

闕擎點點頭，深有同感，很討人厭，「那個很討人厭的人的下屬，正在外面監視著我們。」

女孩一聽，即刻往外看去，甚至還站起來，再明顯不過的張望著外頭停著的車子，然後多角度招手打招呼。

她奇怪也不是第一天的事了，背對著落地窗的闕擎一點都不以爲意！打完招乎，汪聿芃滿意的回身坐回座位，但是在經過闕擎身邊時，她明確的藉由他身體的阻擋，朝他扔下了紙條。

闕擎不動聲色也沒拾撿，就讓紙條躺在他雙腿上。

「你想問的我其實很難告訴你，我只是把我會的事情，認眞練習、努力發揮到最大値而已。」汪聿芃坐回位子上，一臉理所當然，「我就是很能跑，跑得非常快，才能逃出禁后的循環。」

「說得眞輕鬆，妳若不是都市傳說的一員，也不能跑得出去。」

「我是這樣想的，我是普通人啊，只是剛好跟都市傳說能連結，有著那樣的能力……雖然我不是很喜歡，但這就是我。」汪聿芃二度聳肩，「你要擁抱你擁有的！」

闕擎挑了挑眉，一抹冷笑，「喔，這點妳倒不必擔心，我擁抱得非常好。」

「加強啊，開發各種不可能，試試看自己能做到什麼地步。」汪聿芃眨了眨眼，「都市傳說有趣的地方，就在於無限可能。」

「但它不能阻止我看不見鬼，也不能阻止我被惡鬼襲擊。」

「那不是你自身能決定的，這要求太多了！但你可以加強練習，我跟童子軍都跟著學長姐練習格鬥、跆拳道跟健身呢！還有你得去找些更厲害的法器，惡鬼那種還是得靠神的力量，但你有辦法阻擋跟反擊，就能讓戰鬥力加倍！」

她說得眉飛色舞，依照她的神經邏輯，那些惡鬼只怕她也是用奇特的角度去看待他們了。

他緩緩點頭，今天算是聽君一席話，如聽一席話，因為他沒有找到可以加乘抵禦的辦法，最終還是得面對那些亡魂。

那片沼澤裡沉了太多屍體，許多無名屍被扔在那兒，或仇殺或情殺，不情願的太多，地點也極為陰森，總之，那兒就是個至邪之地！他想去找那位蛇化的母親，還得先過那關。

「你要小心點，關心你的人很多喔！」汪聿芃突然話中有話的說著，「能信任的人非常有限。」

闕擎眼神轉為深沉，以眨眼代替頷首。

「不只是醫院，你認識的所有人，可能都會受到影響……噢，我們可能比較沒事，因為跟你不熟。」汪聿芃轉了轉眼珠子，突然逕自笑了起來，「好險跟你不熟！」

「我謝謝妳。」闞擎眞是無奈，這女孩眞的很特殊。

「就這樣吧，我幫不上什麼忙！」她邊說，食指在桌面敲呀敲，意思是：紙條。

「謝謝！」闞擎趁起身時，巧妙的拿起紙條，「走吧！」

他們一同離開便利商店，汪聿芃還在騎樓下轉了兩圈，朝右邊行了個禮，闞擎很想告訴她監視車在左邊，但想想還是算了，她高興就好。

兩人道別，闞擎重新坐入車裡，直接駛向T區的沼澤地，這件事越早處理越好，必須在天黑之前離開那邊。

右手的紙條緩緩打開，裡面是熟悉的章警官的字跡：

為了得到你，他們得到的許可是不擇手段，用幾條人命換你的首肯都是值得的，千萬小心。

嗯，闞擎揉掉紙條，瞥著後照鏡映出的跟監車子。

眞巧，他也是這麼認為，用幾條人命換他的自由，都是值得的。

就是不知道，是誰該小心。

陽光自葉縫中灑下，照得上坡的山路一片金黃，闞擎踩著微濕的山路上，兩旁的樹林裡積雪已融化大半，看來春天是眞的快來了。

路上幾乎都沒有人煙，因爲現在都已經過中午了，眞的健行者都是早早出發，中午即返，很少有人這麼晚過來；在進來前又聽說有人的孩子被搶了，可怕的這次孩子是抱在手中的，依然被奪走，新聞裡母親被嚇得語無倫次，不停的說著：嫌犯是條蛇。

那他推測的沒錯，果然是這裡。

這座山不高，樹木蓊鬱，還是原生狀，也有開闢了健行步道，只要在步道上都是沒問題的；更深處除了密林外，也沒開放步道，尤其那裡多半是沼澤，一般人是根本不會踏足。

但正因爲如此，那兒成了一個非常好「扔東西」的場所。

闞擎在步道上疾走，盤算著從哪兒進入沼澤區最快，他是怕林間土壤因爲積雪剛融，容易泥濘一片，又怕走錯了路、難走又到不了。

「給我點線索吧……」他很想靜下心，怎麼放眼望去都是平靜的山林，這會還沒看到陰影呢？

此時，迎面走來三五個健行者，大家習慣的會朝對方打招呼，闞擎也頷首回禮，這時果然大家都下山了……腳步聲遠去，但他的背後有組步伐停下了。

闞擎已經感覺到背脊發涼，但他盡可能裝沒事般的往前走，那組足音果然跟上他了。

『嗨，嗨！您好。』女人沙啞的說著，縮短了與闞擎間的距離。

仔細回想，剛剛擦身而過的那隊人，落在最後的紅衣女人的確距他們有段距離，身上的衣服較髒，低垂著頭，他忽略了。

『您好啊！我跟你打招呼，你怎麼不回我呢？』聲音突然就在他身後了！

闞擎邁開大步，試圖甩開對方，但後方的足音也開始變成奔跑。

『嗨嗨嗨！你要跟我打招呼的！你好你好你好！』

這聲音近到已經在耳邊了，闞擎沒敢轉頭，跑！他不假思索的跑了起來！

『你要跟我說好的——快說快說快說！你這個沒禮貌的小子——』

有幾度闞擎覺得眼尾餘光就要看到那女人了，他咬緊牙往前直衝，在濕滑的上坡路段奔跑，他慶幸穿了止滑的高筒雨鞋，只能一路狂奔！

右前方的樹林間，開始出現了搖晃的模糊陰影，彷彿是出現來看熱鬧似的！可惡！他雖有不甘，但還是急速的右轉，跳下了落差三十公分的樹林，踩著濕軟的土地，遠離了健行步道。

『打招呼！混小子！』女人的聲音漸遠，闕擎這才回頭，那個穿著運動服的女人折著與身體九十度的頸子，站在他跳下的地方破口大罵著。

她不敢下來，這邊有比她更強的東西吧！闕擎裝作看不見沿路樹幹上的鮮血淋漓、深刻刀痕，還有越來越多的「人們」，左轉往更深處走去。

樹林更密，陽光照不進來，沼澤地向來較為昏暗，不僅濕氣重，而且由於腐敗的植物及動物都多，空氣中滿滿都是特殊腐敗味；沼澤旁全是又長又密的水草，水草裡什麼垃圾都有，也有許多不知裝著什麼的垃圾袋，還有幾艘廢棄的小船。

哇哇……隱約的嬰孩啼哭聲傳來，沼澤地非常靜謐，闕擎即刻就知道了哭聲來源在沼澤的對面，仰起頭，他都能見到穿過沼澤地後的對面那不高但光禿禿的山壁。

『哇哇哇……』沼澤裡傳來了類似的啼哭聲，水面突然起了波紋。

闕擎一顆心跳得疾速，他哪兒都不敢踩，想著該怎麼越過這片沼澤，繞行的話他得繞一大圈，穿過這片不知道下面有什麼的草原；直接涉水走過沼澤的話，水下有什麼他清楚得很，那是滿滿的屍體。

『嗚……』哭聲開始傳來，在水與草間，有個女孩從水裡冒了上來，『救命！救救我……』

沙沙，草到處擺動著，闕擎覺得正常人都會轉身就跑，離開這個地方！

「我到底是爲什麼要到這裡來？」他喃喃抱怨著自己，鼓起勇氣走向了旁邊廢棄的船。

看不到、聽不到、什麼都看不見，他自我催眠故作鎮靜，一定得裝作什麼都不知道……廢棄的船沒有槳，船底有一大灘深色的痕跡，十之八九是血，船底邊緣裂了條縫，船身到處都是刀痕與血漬。

『這是我的船！』

才剛要拖走船，一隻手啪的扣住了船緣，一個男人刹地就撲向了闕擎，他及時舉起手臂擋住了對方，手上纏繞的符，順利的把男人驅離。

他不打算繞行、也不打算涉水，他要踩著這些廢船盪到對面去。

船很重，因爲船尾有一堆手拉著，誰都不想放手，這彷彿是他們的救命之船……闕擎來這邊不可能沒有準備，他不能也不想去對付這一整片的亡靈，會被丟在這裡的幾乎都是冤死的，加上大部分生前也不是一般人，凶惡者眾，導致這裡怨氣沖天。

他卸下背包時，才發現背包上有個抓痕，大概是剛剛那位打招呼小姐下手的吧！從裡頭拿出混濁的礦泉水，一瓶符水、一瓶半聖水，什麼信仰都有，他很公平，一視同仁。

搖一搖往船上一澆，暴吼聲此起彼落之際，船也變輕了。

如法炮製，他又去拖了另一艘廢船，小洞用帶來的防水膠布隨便黏一下，能撐到對面就好！推著兩艘船到岸邊時他看著那平靜的水面，很難踏出那一步——走！

小船搖搖晃晃，闕擎穩住重心的站在其中一艘小船上，另一艘則以繩繫著一道走，他知道最好不要亂張望，但是這船晃得讓他不安，他還是往水面瞥了一眼。

沼澤的水並不如想像的混濁難辨，至少現在可以看清水下都是一具又一具的屍體，有的飄浮著，有的打轉，還有許多繫著重物的袋裝屍，都在這沼澤底下沉浮——剎那間，面向上的人睜開了眼睛！

喝！闕擎被嚇得直接踉蹌，差一點從船的另一邊翻下去！

「我趕時間！別鬧！」他手忙腳亂的趕緊拿出手機，此時整片沼澤居然開始起了巨大的漣漪，一個接著一個，眼看著水裡就要浮上來一堆傢伙了！

水緩緩漫進船裡，溼了他的雨鞋，闕擎蹲著按下播放，手機裡立刻傳出響亮的音樂聲。

『啊啊——呀——』

這樂聲簡直是音波攻擊，以小船爲圓心向兩旁震開，震得所有魍魎魑魅都嚇得躲藏。

這很貴的！這是之前跟唐家姐弟買的驅鬼樂，上次在廢棄育幼院時使用過一次，非常好用，但是……這會引起厲心棠的不適，所以此後他絕不在她面前使用。

這驅鬼樂曲對亡者傷害極強，雖說厲心棠現在是活人，但是……畢竟她是死過一次的人。

死而復生，也是要付出點代價的。

這艘船進水後開始下沉，闕擎趕緊拉過另一艘船朝前推，穩穩的跳到了另一艘小船上。

啪嚓……木板破碎音傳來，他回頭望去時，只見剛剛那艘船已經被撕成碎片，散佈在沼澤水面了。

眼看著對岸在眼前，這艘船幾乎也要沉沒了，闕擎咬著牙跳上了岸邊，但一腳卻踩進了淤泥裡——他沒踩到岸上！

幾乎沒有一秒遲疑，水底無數雙手撲上來，扯住了他的雙腿！

「哇啊——」闕擎緊緊抓住岸邊的草，把勾在肘間的背包往後丟進了水裡。

按照怨魂的德性，背包飛快的被扯下水裡，瘋狂的撕碎成片，然後裡面的符咒跟剩下的符水，就足以上他們自傷了。

『啊啊——』就等待這慘叫聲起，他的下半身瞬間被鬆開。

闕擎狼狽的趕緊往上爬去，泡了水的身子很重，他匍匐的向上爬，離水邊越遠越好。

撐起身子起來時，他發誓掌心壓著的土裡，應該有個頭蓋骨。

闕擎依舊裝作什麼都不知道，邁開滿是水的沉重步伐往前走，音樂只剩幾十秒，離這些危險地帶越遠越好，其他的他還能應付。

「啊啊啊啊——」

痛苦的哀鳴聲來自前方較遠處，闕擎小心翼翼的往前走，彎身鑽過了幾棵較矮的樹木後，總算來到了滿是碎石子的路段，眼前有座大概三十度的岩壁，剛剛叫聲似乎是從那兒傳來的。

「誰——誰——」尖吼聲從上方傳來，闕擎下意識縮回林子裡，以樹木擋住自己的位置。

蹲下身，仰頭望去，他才發現上方約莫三十公尺處一棵樹的後方，居然有個山洞，怒吼聲來自一個冒出頭的女人！

不，那也不算是人，畢竟有條如蟒蛇般的粗蛇尾，正在山壁前啪啪作響。

找到了，拉彌亞2號。

第十一章 拉彌亞的巢穴

山壁並不難爬，畢竟才三十度，而且是岩壁，一路都是凹凸的巨石，只要抓著就能穩穩的往上走；闕擎非常謹愼的走上去，洞穴裡的聲音逐漸清晰，嬰兒提哭早已不在，取而代之的是驚恐的慘叫聲，但也很快就消失了。

等到闕擎到洞穴邊時，可以感受到對方離洞口挺近的，那位叫楊萱玫的母親正溫柔的唱著兒歌，像是在哄自己的孩子。

她手上沾滿不知哪個無辜者的鮮血，正在地上畫著新的魔法陣，整個人已經瘦到不成人形，而下半身的的確確是蛇尾，是條蟒蛇，直徑可能有十公分寬。

她剛剛會被音樂影響來看，她已經不全然屬於人類了。

「楊萱玫。」

喝！畫陣畫到一半的楊萱玫嚇了一跳，她慌張的先衝過去，抱回自己擱在岩石上的嬰孩。

反正一進去就會被發現，闕擎也不覺得自己有本事隱藏蹤跡，不如開門見山。

她敵視般的看著闕擎，完全不明白爲什麼有人會上來這裡。

「站住！」楊萱玫大喝著，後方的蛇尾不停的擺動，「你是誰？」

沒有親眼所見，他眞的很難相信，眞的有人會變成人身蛇尾……這麼冷的天，楊萱玫上身就只穿著一件單薄的小可愛背心，皮包骨到能瞧見根根肋骨，臉頰與眼窩均凹陷，眼睛瞪得特別大，眼珠子看上去爆凸而出，是因爲幾乎看不見上眼皮了。

肚臍以下都已經化成蛇尾，她站或坐或移動，全是那巨大的蛇尾在支撐著。

「妳什麼時候變成這樣的？用了那本惡魔咒術書後嗎？」闕擎小步的往前，「妳孩子在二十五年前就已經死了，妳召魂這麼多次，也沒有一次成功，沒想過或許……米米已經投胎了呢？」

楊萱玫戒愼恐懼的盯著闕擎，這個好看的男孩她從未見過，但爲什麼他知道這麼多事？

「米米在，她還在的，我可能唸得不對，或是畫陣畫得不夠好……有時是祭品不夠好。」她望著懷裡睡著的嬰兒，「還有軀體不匹配，不是每個身體都能接受米米的靈魂……」

「塵歸塵、土歸土，米米已經死了，連同當年四十七個孩子一樣，我知道不是你們的錯，但孩子就是已經死了。」闕擎又往前了幾步，「妳不能因爲這樣，去殘害他人，還搶別人的孩子——妳有想過這些孩子的媽媽嗎？」

楊萱玫眼珠咕溜溜轉著，別過了頭，「我爲什麼要在乎她們？那個女人燒死我的米米時，有在乎過我們嗎？她只爲了她的孩子，就把我的孩子燒死了！」

既然別人可以這樣對她，那她爲什麼不能這樣對別人？

她，只要她的孩子回來，付出什麼代價她都無所謂！

「鄭海莉告訴妳召魂術，所以妳入獄前就試過了，二十幾年前妳沒有惡魔咒術書，因此沒有切開孩子的手腕，而妳當年殺的孩子我們都找到了……不過只找到了五具屍體。」闕擎慢慢的從口袋裡拿出一張紙，緩緩打開，「第六個是誰？」

找到了？楊萱玫一凜，言下之意是……他們已經找到婆婆跟大姑了！

「誰都不能阻止我把米米要回來，她們太囉嗦了，是因爲她們要報警我才殺了她們……我不是故意的！」她突然哭了起來，「我只是想要我的孩子啊！爲什麼你們都要爲難我！」

誰爲難誰啊？世界不是繞著一個人轉的，別人傷害了她的孩子，她就要傷害世界上每個人的孩子嗎？這問題他也很想問拉彌亞，邏輯到哪兒去了？唉，但他不敢。

闕擎將紙攤平，那上面其實是戶口資料。

「其實我想問的是，第一個被當成附身軀殼的是誰？」闕擎打直手臂，拿著紙張再往碎步，「唯一沒找到的屍體。」

第一個？楊萱玫的眼神放遠，其他孩子都是在老家施咒的，只有一個例外……那天她抱著那笑得燦爛的孩子，她越看越覺得那就是米米，她們長得太像了，一定是上天的旨意，要讓那孩子代替米米。

她是在租屋處施咒的，的的確確是第一次施咒，那天雨下得好大，她看著有白煙竄進了孩子體內，但是……失敗了，她那時就失敗了！

「那個孩子，叫小柔。」闕擎揮動了紙張，「在妳的戶口登記下，還有個叫小柔的女孩——她是妳懷胎十月生下的二女兒！」

楊萱玫停住了，她用那凸出的雙眼不可思議的看向他，這個名字她幾乎就要遺忘了。

小柔，她搖頭掩耳，她不想去回憶！

「不……沒有，我不知道！」她用乾瘦的雙手抱著頭，「我不記得了！你不要靠近我！」

蛇尾掃來，啪的掃裂了那張紙，闕擎踉蹌兩步還沒站穩，又見巨大蛇尾劈面而來，他根本閃避不及，正中的被打翻滾落，向後撞上了大石塊，砰磅的往下摔去！

電影都是假的！區區一公尺的落差，但處處是尖石，痛得他根本爬不起來……骨頭斷了！他感受得到約莫第六根肋骨處大概是斷了！

楊萱玫迅速的移動，開始點燃蠟燭，才準備要唸咒，卻發現法陣裡的祭品不見了！

闕擎剛剛就一直讓她分心，雖然有些對死者不敬，但他趁機把屍體踢出了法陣外，讓其摔了下去，現在……就倒在他身邊。無辜的街友死不瞑目，雙眼瞠大，嘴巴大張，滿臉都是驚恐不甘。

「祭品！」楊萱玫輕鬆用蛇尾捲起屍體，她不是沒瞧見闕擎，但她現在一心一意，都在接下來的儀式裡。

每一次，她都抱著會成功的希望。

如果這信念用在做人做事，倒眞的挺有成功的資質。

趴著裝死的闕擎抓準了時機，咬牙一抬身，把手裡的長銀鍊拋了出去，這鍊子是用好幾個五公分的銀段組成的，尾端繫了小匕首，現在這位楊萱玫非人非鬼的，怎樣都得使用雙重攻擊了。

銀鍊準確的纏繞住楊萱玫的頸子，匕首末端直接插進她的背部，每段銀段瞬間像燒紅的烙鐵，貼在楊萱玫的身上燒出焦味，疼得她即刻鬆開了屍體！

「啊啊啊……好痛！好痛——」她不敢去碰銀鍊，那每一段銀段都發紅，貼著她的身體不停的灼燒，「拿下來！我叫你拿下來！」

蛇尾捲起了闕擎，把他舉到自己面前，楊萱玟痛苦的命令著。

終於第一次，這麼靠近看著她了。

他還記得老屋照片裡女人曾是年輕貌美的，現在她最多四十來歲，卻乾癟枯瘦，滿臉皺紋，由於長期沒有睡眠，雙眼暴凸盈滿血絲，眼窩凹陷伴隨著深黑眼圈，牙齒發黑，帶著瘋狂，完全已經沒有當時的模樣了。

爲了喚回死去的孩子，她把自己折磨成了這副模樣。

蛇尾圈緊了他，楊萱玟咆哮的大吼時，臉部會整個變形，「拿下來——」

唔……斷掉的肋骨更痛了！別說回應了，闕擎連說話都有困難。

「闕擎？闕擎！放開他！」遠遠的傳來驚恐的叫聲，「妳把他勒死了就沒人能幫妳了！」

楊萱玟忿恨的回首，她這一秒還殺氣騰騰的想勒死這男人，但下一秒看見女孩身後的人，便嚇得一秒鬆開蛇尾。

「輕輕放下！妳給我輕輕放喔！」厲心棠焦急的衝來，回音陣陣。

楊萱玟看見她身後走來的拉彌亞，嚇得將闕擎小心輕放，敬畏而痛苦的在地上開始打滾，銀鍊燒灼著她的皮膚，且往身體深處繼續燒蝕。

厲心棠眼裡哪可能有她，她慌張的衝到闕擎身邊，她腦子一片混亂，爲什麼闕擎會在這裡？這兒還是因爲拉彌亞帶著她來，她能才知道的……可是闕擎看起來早就知道了啊！

還比她們早到？最重要的是來了還沒通知她？

「啊啊啊——」楊萱玫慘叫聲起，一雙眼可憐兮兮的看著拉彌亞、懇求著。

拉彌亞瞥了眼那銀鍊，她不敢碰，那不像人類的東西，她試圖用法力讓鍊子脫離，遺憾鍊子卻紋風不動。

「棠棠，妳先幫她把鍊子取下吧。」拉彌亞來到闕擎身邊，接手把他拉過來。

厲心棠回首看著在打滾的楊萱玫，那漫天亂撞的蟒蛇尾，讓她陷入沉思，「就是妳一直在獻祭孩子吧？這叫活該，剛好可以制止妳！」

她明顯不想搭理，轉回來憂心忡忡的看著痛苦的闕擎。

「那會殺了她吧？」拉彌亞問著闕擎，「還有事情未了不是嗎？」

闕擎勉強睜眼，朝厲心棠伸出手，讓她攙他起身。

「拿下嗎？那我來就好了！」她邊說，急欲起身往前。

楊萱玫那亂甩的蛇尾嚇人，拉彌亞見狀，無奈的現出了原形。

藍綠色光芒的巨形蛇尾輕而易舉的扣住了楊萱玫的身體，好讓厲心棠上前爲她取下銀鍊；她施了點力，「拔」下了鍊子，因爲每一段銀段已將楊萱玫的肌膚燙到焦黑甚至黏在一起，空氣中瀰漫著一股其實挺香的烤肉味，楊萱玫趴在地上抽搐哭泣，厲心棠再順道動手拔起插在她背上的匕首，傷口其實不深。

那是惡魔的東西，拉彌亞看見匕首上的寶石，百分之百確定。

「你爲什麼會在這裡？」厲心棠走回闕擎身邊，「你怎麼知道楊萱玫在這裡？」

「嗯……」他沒打算回答厲心棠，「妳又爲什麼在這裡？」

她才剛到，都還沒問上兩句話咧！

「我來找這個女人的，拉彌亞說這裡有很多藏身之處，同爲蛇身，她能感應得到……」厲心棠正在說著，細微的哭聲突然響起。

在法陣中間的嬰孩，似乎被這一片混亂吵醒了，開始哭了起來；嬰孩啼哭聲很快的傳遍了整個洞穴，厲心棠緊張的趕緊跑到嬰孩身邊，看著孩子的手腕，幸好還沒被割斷。

「別碰……別碰她！」楊萱玫匍匐的爬過來，「那是我的米米。」

「這不是妳的孩子！這個陣法一開始就是騙妳的，這是獻祭靈魂的！」厲心棠忿怒的瞪著楊萱玫，「沒有任何一個靈魂會進入這些身體，相反的是把這孩子的靈魂獻出去！」

「等等，可是之前那些孩子的亡魂不是都去了百鬼夜行？」

厲心棠瞟向了闕擎，這就是她最爲難的地方！「記得嗎？被拉彌亞吃掉的孩子，靈魂都是難以超生的，那本書就是在蠱惑痛失孩子而瘋狂的母親，然後……讓她們一直獻祭嬰孩靈魂。」

「我沒有吃掉任何孩子，每個孩子都是米米，是我重要的……孩子！」楊萱玫激動的反駁，「我在等米米回來！每次都差一點點，我看著她的靈魂進入身體裡，可是一下又沒了！」

「那只是惡魔的標記，那些孩子都是妳獻上的佳餚，沒有一個是妳的孩子。」厲心棠睥睨著她，「等妳死亡後，那些孩子就會歸惡魔所有了！」

「等施咒者死去……啊，惡魔也要施咒者的靈魂！」闕擎看著瘦骨嶙峋的楊萱玫，「她這模樣，也撐不了太久。」

一個人沒有睡，能撐得了多久？就算是眞正的拉彌亞，也不時抱怨著沒有歇息的時刻，想想就連吸血鬼，都還得窩進棺材裡睡覺呢！

「對，她遲早會在施咒中死亡，把自己也給獻進去。」厲心棠抱著小嬰孩輕搖，她哭得太可憐了。

「不可能！這是喚回我孩子的唯一方式，把那個孩子放下！」楊萱玫激動的起身，但一見到在他們身後的拉彌亞，又卻步了。

闕擎看著在陣法中的厲心棠，他覺得實在不安，小心靠近，「妳是從哪裡知道的？」

「是啊，棠棠，我都不認識這個法陣了。」拉彌亞出聲，巨大的蛇尾在她背後晃著，雙眼瞪著楊萱玫。

「呃……我們店裡……後巷那邊……」她看了拉彌亞一眼，「有惡魔在那邊盯著，不認識的，就順便問了一下。」

闕擎小心翼翼的來到她身邊，雙手環著她希望把她帶出法陣外，雖然蠟燭已被拉彌亞的蛇尾揮滅，但待在魔法陣裡就是極不明智的行爲。

「惡魔盯著啊……喔。」闕擎這才反應過來，「你們前面有天使，後面有惡魔？看來你們惹到的東西比我這邊嚴重啊！」

厲心棠聳肩，說實在的，她也不知道到底出了什麼狀況，兩界人馬都盯著他們不放。

「別！別帶走我孩子！」楊萱玫卑微的哭求著，她態度軟化到讓闕擎狐疑，他下意識回首，感受到駭人的殺氣。

拉彌亞那雙眼，像隨時都能把楊萱玫吞了似的。

這不陌生，每次扯到厲心棠的事，她都會這麼激烈。

「書在哪裡？那本教妳召喚孩子的書！」厲心棠沒忘記正事。

楊萱玫顫抖的搖著頭，那本書她處理掉了，她不敢放在這個洞穴裡，因爲洞穴的主人交代了。

她又戰戰兢兢的瞟向拉彌亞，立即領會意思，「我丟掉了，不、不在我身上了。」

「丟掉了？這麼重要的東西妳怎麼能丟！」厲心棠簡直不敢相信！有人會扔掉惡魔咒術書！

「我已經背下來了，我畫了多少次了，我不會忘！」她揪著胸口，「有人、有人會比我更需要那本書。」

天哪！厲心棠心裡涼了半截，那本書又流出去了嗎？

她正在懊悔，餘光倒是不時的回頭看著拉彌亞，再看向楊萱玫，爲什麼他感覺這個女人的恐懼，是源自於拉彌亞？而且這洞裡一大一小兩條晃盪的蛇尾，光看就讓他心驚膽顫。

楊萱玫這樣粗細的蟒蛇尾都能讓他傷成這樣，拉彌亞的蛇尾直徑最少五十公分以上，是三個人都圈不住的粗壯，一揮就能拍扁他了吧？

但楊萱玫的恐懼似乎不只於此。

「棠棠，先放下孩子，讓她睡吧。」拉彌亞連手都沒揮，厲心棠懷裡的嬰孩居然立即睡著，「我們還有更重要的事！」

厲心棠呆呆望著秒睡的嬰孩，困惑的回頭看向拉彌亞，「什麼……」

「那本書。」拉彌亞手指點點，要她把嬰孩放回去。

就算要放也不能放回陣裡啊，她轉向闕擎，他即刻伸手拒絕，他對這種可愛嫩嬰無法招架，就別折磨他了！

「我放在這裡……」厲心棠只好把孩子放到腳邊地上，一個相對安全的地方，「你用剛剛那條鍊子圍著她。」

這倒是個好方法，只是……沒觸及身體的話，有用嗎？

他斜眼睨著楊萱玫，警告她不要輕舉妄動，她不似過去凶惡的惡鬼或是執念過深的人，現在看上去既脆弱又可憐，是個一心一意只爲喚回孩子的母親。

「妳的孩子不會回來了。」厲心棠放下孩子，走近闕擎朝他要了銀鍊，「不要再被騙了。」

楊萱玫沒說話，她惶惶不安的眼神裡卻依然藏有執著：她絕對要找回她的孩子！

厲心棠擔憂的看著闕擎，他看起來傷得不輕，就近扶著他坐下。

「你不對勁啊！爲什麼不告訴我就先過來，你到底想幹嘛？」厲心棠皺著眉質問他，她又不傻，剛剛也穿過那片沼澤地，知道依照闕擎的體質，光越過那片沼澤就很辛苦。

尤其，這一開始就不是他在乎的事，是她想管的！可憐孩子的鬼魂來到「百鬼夜行」，是她想阻止這無謂的犧牲，他只是被她拖著走——爲什麼會突然變得這麼主動？

「我搞清楚了會跟妳說。」闕擎不想隱瞞但也不想明講，主動將銀鍊圍上嬰孩周圍。

厲心棠攙起他時，她突然把某個東西塞進他手裡，「幫我保管好。」闕擎默不作聲的先把東西塞進口袋裡，然後轉頭向依舊趴著的楊萱玫，「妳把書處理到哪邊去了？」

她搖了搖頭，但沒回答。

「拉彌亞，書不在這裡了！妳要找什麼？」闕擎遙問著拉彌亞，曾幾何時，她就已經往洞穴深處走去了。

「我知道那本書在哪裡，就算她藏起來，我也找得到。」拉彌亞朝著厲心棠伸出手，「過來，棠棠。」

「我一下就回來，如果……」她轉著眼珠子，斜眼往後瞄向楊萱玫，一切盡在不言中，但闕擎卻完全懂。

她頷首，趕緊踩過崎嶇大石往拉彌亞身邊去，闕擎彎低身子，再問了楊萱玫一次，「這裡沒有書嗎？」

楊萱玫匍匐在地，眼神盯著沉睡的嬰孩，再度搖了搖頭，「她說不許留，我就扔了。」

他說不許留？誰？

「拉彌亞！」闕擎撐著站起來，「惡魔咒術書確定不在這洞裡！妳讓厲心棠過去做什麼？」

厲心棠好奇的回身，闕擎的語氣好像有點……凶？

「我能讓她找出那本書的，不管那女人丟在哪裡，我都能輕易的在這個地方取回。」拉彌亞的蛇尾繞了一大圈到厲心棠身後，輕輕推著她，往自己身邊帶。

「我嗎？」厲心棠雙眼熠熠有光，「怎麼做？」

拉彌亞望著她，憐惜的撫著她的臉，「能的，放心好了，只要妳聽我的話！我能給妳力量的。」

厲心棠立即縮了身子，閃開了她的觸碰，「給我力量？」

蛇尾再用力一抵，厲心棠又往前踉蹌，準確的落進了拉彌亞的懷裡，接著蛇尾將她圈起，不讓她有任何空間的逃離。

「妳相信我吧？棠棠？」拉彌亞愛憐的說著，「妳該知道我是愛著妳、疼妳、關心妳的。」

「我……我知道啊！妳一直都很照顧我，就像第二個媽媽一樣……」她開始想掙開，「別圈著我，拉彌亞，妳這樣我害怕！」

「我比Abraham更像一個母親，她根本沒有生養過，怎麼知道如何當一個母親!?」拉彌亞聲調激動了點，「妳不知道妳被剛抱回來時，他們兩個什麼都不懂，都是我在照顧，我才配當妳的母親！」

Abraham？誰？闕擎滿腦子混亂，是雅姐的名字嗎？

闕擎完全無心留意楊萱玫，未注意她正悄悄的逼近那熟睡中的嬰孩，而闕擎則吃力的越過巨石，往厲心棠的方向前去。

「放開厲心棠，拉彌亞！妳是不是從頭到尾都知道這件事，知道有個瘋狂的母親想召回自己的孩子？」闕擎隨手往上指向楊萱玫，「我甚至覺得妳們是認識的！」

拉彌亞只是隨意瞥了闕擎一眼，她並未把他放在眼裡。厲心棠雙手試圖撥開圈著她的蛇尾，可是拉彌亞沒有絲毫的退讓，這反而讓她更慌了。

「拉彌亞，不要鬧喔！放開我！」

「沒事，我不可能會傷害妳的，妳要相信，我的所作所爲只是想保護妳。」

騙子！這種狀況，叫她怎麼相信啊！厲心棠扯開了嗓門，害怕的回頭，「闕擎！幫我！」

「妳眞的在乎厲心棠就不會想嚇她！我不知道妳要做什麼，但是……妳爲什麼假借厲心棠的名字，讓章警官幫我們查失蹤案？我原本以爲妳是在幫我們調查，但是現在看起來——」闕擎環顧四周，這陰暗潮濕的洞穴，「妳是刻意要讓厲心棠追查楊萱玫，直到這裡來嗎？」

厲心棠深吸了一口氣，瞪大雙眼看著拉彌亞，「是這樣嗎？有什麼事妳都可以跟我說的啊，拉彌亞！妳到底要做什麼？」

「這裡是我的巢穴。」拉彌亞開門見山，「唯有在這裡，我才能孕育我的孩子。」

拉彌亞的孩子。

這個答案讓闕擎打了個寒顫，從背脊一路發涼，這答案荒唐到叫他害怕！真的要孩子，應該有很多方法，拉彌亞以前的孩子被殺了，她才會憶子成瘋，或許她能再找個男人共組家庭重建人生，但無論哪個選項，都不該是讓他們一路追蹤楊萱玫到這裡。

把厲心棠拐到這裡，跟她孕育孩子毫無關聯！

「妳還能有小孩嗎？」厲心棠倒是問到點上了，行嗎？

「可以的。」拉彌亞突然衝著她笑了，「只要妳願意，妳隨時都能成為我的孩子。」

「對我而言，妳已經像我第二個母親了，妳也對我如同孩子……我不明白，妳還需要什麼嗎？」厲心棠壓抑住情緒，盡可能如平常般撒嬌的說著，「妳要我……認乾媽？還是說想要法律文件，或是……」

「我要妳成為妖的孩子。」拉彌亞誠懇的握住了她的雙肩，「這樣妳不必畏懼危險、還能擁有能力，甚至可以長生。」

轟！——厲心棠覺得自己剛剛應該是被雷打到了，怎麼有哪句話沒聽清楚，腦袋一片空白？她眨了眨眼，好想再叫拉彌亞說一次，她在講什麼啊？

她不懂，但闕擎懂，他持續吃力前進，計算著身上還有多少法器可以用，這些東西是否能對付傳說中的拉彌亞？

「我曾是人，但後來變成這樣的怪物，即使我獲得了長生，卻人不人鬼不鬼妖不妖，我甚至不知道自己算是什麼，但是——我有能力！」拉彌亞繼續對著厲心棠淺笑，「妳離開店裡出去打工後，遇到了多少事？厲鬼的攻擊、惡鬼想要殺妳，上次還跟食人鬼面對面，差一點就被吃掉了！我成日提心吊膽，我巴不得妳都不要出門！」

厲心棠腦子一團亂，「我……對，那個是很可怕，但是還是解決了……對吧？」

闕闕難過，闕闕過嘛！幸好有闕擎在，幫了她好多。

「那萬一有沒解決的那天呢？如果像那個女人，她瘋狂到失去理智，今天搶了嬰孩沒有祭品，她已經不人不鬼了，她可以用蛇尾捲死妳當祭品，妳是毫無還手之力的！」拉彌亞矛頭突然指向不知何時已經重新獲得嬰孩的楊萱玫。

「我不敢！我不敢的！」楊萱玫嚇得伏低身子，「她是妳的孩子，妳給了我那本書，幫我召回孩子，我怎麼可能這麼做！」

什麼!?闕擎不可思議的回身，楊萱玫剛說了——惡魔咒術書是拉彌亞給她的!?

上次他們沒有在涂惟潔手上拿到書，居然是拉彌亞先一步把書偷走，再傳遞給下一個人類嗎?的確，知曉雪女2號事件、又非人的拉彌亞可以比他們更快!

「拉彌亞!妳怎麼可以這樣!妳明知道我在追那本書，那種東西不能在外面傳的!」厲心棠一秒暴怒，開始氣急敗壞的掙扎，「妳鬆開我!妳爲什麼要這麼做?」

「因爲她就是要引妳過來!」闕擎大喝著，「她是人類!拉彌亞，妳的執念幾千年來沒有變過，但厲心棠不是妳的孩子!」

拉彌亞的蛇尾瞬間鬆開厲心棠，直接甩向了闕擎，厲心棠驚恐的尖叫，誰都無法承受住拉彌亞的蛇尾鞭的!

「住手——不可以——」

蛇尾在闕擎上方驟然停下，闕擎來不及躲，他剛已經單膝跪地的準備做垂死掙扎，還抱著僥倖心態希望蛇尾可以失準，可是蛇尾停下了……而他的手上，卻有股力量冒出，隱隱將他包圍。

「妳這麼在意他嗎?」拉彌亞的眼神，幽幽的回到厲心棠身上。

「不可以傷害他!妳知道我有多喜歡他的!」厲心棠正首，不情願的推了拉彌亞一把，「收回來！」

餘音未落，蛇尾唰唰地收走，再度重新捲住了厲心棠。

「那就成爲我的孩子。」她的眼神與語氣即刻變得溫柔，「一點點痛而已，我會護著妳的。」

眞是亙古不變的套路啊……闕擎只有嘆息，政府用他熟悉的人事物威脅他，拉彌亞也用他來要求厲心棠。

「我……妳要我怎麼做？」

「厲心棠！不許！」闕擎大喝一聲，「我沒關係的，我的人生從不快樂，一片血腥不說，還一直被人利用刁難，如果拉彌亞願意解決我，我還挺樂意的……」

「閉嘴啦你！」厲心棠急得跳腳，「在乎你的人很多，少在那邊囉嗦！」

闕擎無奈極了，他是認眞的，世人在乎他什麼？擁有黑瞳的力量很好利用，這能叫在乎嗎？

拉彌亞的手突然出現了一把黑色刀子，那幾乎是從她掌心浮出來的，渾濁的黑氣遠遠就叫闕擎不適，連就近的厲心棠都能聽見刀上發出的哀鳴。

「換血，只要讓妳體內都流滿我的血，再加上我的儀式，妳就能正式成爲我的孩子。」邊說，拉彌亞在自己手臂上劃上一刀，藍色的血汨汨流出。

厲心棠看著那發著螢光的藍血，她其實不明白。

「爲什麼，非得要這樣才能成爲妳的孩子呢？」

第十二章
我的孩子

她忍不住含著淚，悲傷的問著，她愛拉彌亞同母親，拉彌亞也愛她如子，爲什麼非要讓她成妖：「拉彌亞的孩子！」

拉彌亞根本沒在聽，她噙著笑意，拉起了厲心棠的手，她只是希望棠棠是心甘情願的，但就算她不願意……她也沒有要放過的意思。

啪噠啪噠，振翅聲突然傳了進來，幾乎是閃現般，一個挺拔的影子「掉」在了闕擎的右前方……有夠狼狽的出場！誰叫他眞的是掉下來的，闕擎嚇得愣住，看見趴在地上的金髮男子，他下意識看了看錶。

「你不是陽光過敏嗎？」闕擎認眞的蹲下身子，「今天熬夜啊？」

「閉嘴！」德古拉站了起來，不忘趕緊帥氣的撥撥金髮，只是睡眠不足有點頭暈。

看著自己手上的水泡，兩層防曬也沒什麼作用。

「德古拉，」拉彌亞瞇起眼，「你來這裡做什麼？」

「別鬧了，拉彌亞！棠棠是人類，她出生是人類、抱回來是人類，妳希望把她變成人不人鬼不鬼嗎？」德古拉搖了搖頭，「我相信老大他們如果希望這樣，早就——」

「那是他們不負責任！」提起叔叔，拉彌亞其實是一肚子火的，「他們撿回了她，就該對她的人生負責！不是讓她涉險、不是讓她脆弱、是讓她短命！」

「是我自己要涉險的，是我自己要去瞭解外面的世界，你們不能一直想把我永遠關在店裡啊！」厲心棠哭了起來，使勁的抽著手，「好事壞事我自己承擔，雅姐說的，人要爲自己做的事負責，不能怨天尤人，也不能遷怒！」

「妳可以出去，但如果不能做到全然保護，就要讓妳有保護自己的能力！」拉彌亞不能接受這種做法，「人類的生命太脆弱了，我不能接受他們抱回妳、然後又要我眼睜睜看著妳很快死在我面前！」

人類的生命對於他們而言，比一眨眼的時間還短暫！

「我們要珍惜的是她在的時間。」德古拉語重心長，他何嘗不是經歷過呢？曾有的朋友，終究也只能看著他們離去，只留他一人孤單，「每一分一秒，都不會忘記。」

「她是被我們撿到的，我們都有辦法改變她的人生，可以讓她面對厲鬼無所畏懼，不會輕易被傷害，甚至可以永遠在一起……」拉彌亞完全無法理解，「我最受不了的就是這點，明明有能力，卻不這樣做，寧願眼睜睜看著棠棠冒險、受傷、生病、死亡！」

「因爲她是人！」德古拉覺得她眞的難以溝通，「當初妳被詛咒變成現在這模樣、當妳永世不能閉眼時，妳就沒有一刻後悔？寧願還是個普通的人類嗎？我就不信妳很享受長生但孤獨的人生！」

他們每個都一樣，即使是死亡後成鬼再化爲妖，有了永生卻根本不快樂，生活沒有期待、沒有冒險與未知，不敢相愛、不敢交友，因爲享有短暫數十年的感情，卻要承受永恆的懷念與悲痛！

「所有只要讓我們愛的人，也永遠跟我們一樣就好了啊！」拉彌亞苦口婆心的對著厲心棠，「棠棠，妳難道不想跟我們永遠在一起嗎？以後再也不必害怕，甚至可以靠一己之力穿過那個沼澤？想管多少事就能管？」

永生且擁有力量，不吸引人是騙人的。

但是她是在「百鬼夜行」長大的，她看盡了所有人與非人的執念與嗔痴愛怨，感受到妖魔鬼怪漫長但空虛的光陰，他們是多麼羨慕人類有限的時光……還有，她並不希望一直送走在乎的人，無論是愛情或是朋友。

「我不想。」厲心棠略帶哽咽的拒絕了拉彌亞，「拉彌亞，我不想，我就想這樣活著！」

「不是！妳不懂！不是每次都有人會救妳的！那個男人也是自身難保型，而且他只會讓妳涉險！」拉彌亞看向了闕擎，就是在說他！「況且人類的感情是很脆弱的，而且他根本不喜歡妳，就算今天喜歡，明天說不定就不愛了！」

「那不重要，重要的是我現在喜歡他！」厲心棠雙手反握住了拉彌亞的手，又緊張又害怕的快哭出來了，「把握當下才是最重要的！」

叔叔是這樣教她的，雅姐也說過，有限的生命，才會讓每一刻變得珍貴。

「那我怎麼辦？老大怎麼辦？雅姐呢？妳不能這麼自私只想著妳，妳要想想我們的提心吊膽，妳離開後我們的痛苦——」

「我知道妳很愛我的，拉彌亞！我都知道！」厲心棠難受的落下了淚，「但如果妳眞的愛我，妳會尊重我的，不是拿妳對我的愛來勒索我！」

勒索？拉彌亞不可置信的看著厲心棠，滿眼都是愛，她是眞的愛著棠棠，就算說這是勒索——她也要做！

反手握住厲心棠抓著她的手腕，直接拉近身前，舉起手裡的刀——德古拉才想妄動，龐大蛇尾即刻攻擊，德古拉及時化身成蝙蝠，但拉彌亞的攻勢凌厲，加上他被陽光灼傷，根本難以施展！

「啊……住手！德古拉！別傷害德古拉！」厲心棠一寸都掙脫不了，但回首看著吃力的德古拉，她嚇得哭喊著，「妳不能傷害小德！」

闕擎見狀，突然奔前，「德古拉！你過來！」

他張開雙臂，德古拉搖搖晃晃的飛到他身後，厲心棠簡直不敢相信，就算闕擎他有些許力量，也禁不起拉彌亞一次的拍擊！

「不行！你不行碰闕擎一根汗毛！」厲心棠驚恐忿怒的正首警告著，「否則我會恨妳一輩子的！」

恨？拉彌亞凝視著眼前可憐的孩子，傻孩子，如果恨她可以換得棠棠一生的平安，那也是値得的啊！

「成爲我的孩子，誰也不會受到傷害。」拉彌亞終究還是勾起笑容，和藹的說著。

只要棠棠不反抗，只要任她進行儀式，捨掉人類血液，那誰都不會受到傷害。

美男子難受的跪地，闕擎看著撤離的蛇尾，趕緊旋身蹲下，查看著難得脆弱的德古拉。

「你還行嗎？需要喝點血補充能力嗎？」闕擎問得很認眞。

德古拉抬睫皺眉，「你的血我喝了怕出事。」

「愛喝不喝！」闕擎加重了右手的力量，掐了掐德古拉。

德古拉詫異的看向他右手小指的銀色蕾絲戒，吃驚的看向他，那是老大給棠棠的護身戒！

「爲——」

「她給我的，交代我一定要收好。」闕擎壓低了聲音。

剛剛她要跟著拉彌亞往洞穴深處走時，突然塞給他的。

如果她現在還戴著，或許……或許拉彌亞就無法傷害她了啊！

十公尺之遙的厲心棠沒有再反抗，一雙眼哭得紅腫，她第一次感受到，所謂的「愛」竟能給她如此窒息、恐懼、忿恨與不甘……

可是，好像沒有愛了……

「妳信我，一切過後什麼都會好的。」拉彌亞握著她的手，再次溫柔以告，「擺脫這個脆弱的軀殼，妳就自由了。」

厲心棠無力的癱軟，任拉彌亞緊拉住她，仰起頭看向拉彌亞時，她眼底帶著的並不是愛。

「或許吧，但我們之間是不會回到過去的……妳的這種愛，我敬謝不敏。」她的眼神轉爲銳利，「只一點，不許傷害『百鬼夜行』的任何一個人……也不能傷害闕擎。」

拉彌亞彷彿受到打擊般，蹙起眉看著她最寶貝的女孩！棠棠怎麼能這麼看她呢？她所做的一切，都是爲了棠棠好啊！

但無所謂，只要棠棠能成為她的孩子，恨她也無所謂。

她割開了自己的手，這次更深更大，藍色的血大量湧出，然後抓住了厲心棠的手腕向後一扳，目標自然是腕動脈——讓藍血取代所有的紅色血液。

幾欲驅前的闕擎被德古拉攔下，那大蛇尾就在附近，闕擎這小子上去就是以卵擊石！蠢斃了！

「可是——」難道要眼睜睜看著厲心棠變成妖怪？

說時遲那時快，眼前的空間突然扭曲變形，闕擎瞬間感受到頭暈耳鳴，他難受得後縮身子，德古拉即刻站起將他護至懷中。

大片黑影籠罩住他們的視線，接著黑影急速縮小，成為一個人影。

「老大！」德古拉大大鬆了口氣，「你是非得要這時才要來嗎？」

男人矗立在他們與拉彌亞之間，那是「百鬼夜行」的老闆，厲心棠的長腿叔叔，所謂惡魔利維坦。

闕擎自然見過他們幾次，原本以為只是很愛COSPLAY的人，但自從知道是惡魔後，他的心態可沒那麼輕鬆了！之前他們每次都是裝扮成各種時代的人，今天意外的平常，居然是針織衫加長褲，完全上班族模樣。

拉彌亞一見到他，即刻將厲心棠一把拉起，讓她旋個半圈後拉進自己懷中，厲心棠背貼著她的身體，而她手上的刀直抵厲心棠的右頸。

「別插手！」

「我真要插手，我剛剛會直接到妳身邊。」叔叔舒了一口氣，又做了一個深呼吸，同時嫌惡於洞內的氣味，回頭搜尋臭味的方向。

德古拉非常禮貌的立刻指向左後方那個蹲在法陣邊、不敢輕舉妄動的楊萱玫，是她喔！她還殺了個街友。

「叔叔！」厲心棠一見到養父，情緒立即潰堤，「我不想的！我想當普通人！」

「拉彌亞，尊重一下棠棠。」叔叔一點都不急，還在原地伸起懶腰，「我的天哪！好不容易可以過來了！」

「哈囉？如果您是……她養父的話，留意一下那把刀！」闕擎覺得自己像是這裡唯一緊張擔憂的人。

「不急，她下不了手的。」利維坦從容不已，向闕擎打招呼，「好久不見了，闕擎！」

嗨？闕擎現在也是背貼著德古拉，被他圈在懷中，這場面有一點點曖昧，但他實在太痛了，斷掉的骨頭讓他難以支撐，有人撐著是求之不得。

「你們是不負責任的養父母，只有我才是眞正爲棠棠考慮的人！」拉彌亞再度抓起了厲心棠的手，「棠棠，放寬心接受一切，換血時間不會太久，我保證不會痛的！」

她眞的不想！

厲心棠踉蹌往外跌，刀尖朝她的手割去，她嚇得想縮回手，感覺自己用盡了全力，卻根本紋風不動，完全掙脫不了！噙著淚的雙眼看著拉彌亞，心裡就算一千萬個不願意，區區人類，怎麼能跟拉彌亞抗衡？

其實一個惡鬼她就無能爲力了，拉彌亞說得是沒錯，但她並沒有因此想變成非人！

闕擎整個人都緊繃了，他也被德古拉扣住，因爲但凡闕擎踏出一步就會被拉彌亞的蛇尾拍扁，德古拉可不想看棠棠哭，而且老大都來了，沒他們插手的份。

刀尖在厲心棠動脈上幾寸，但拉彌亞卻遲遲沒下刀。

她深吸了一口氣，居然還重新握了握刀子，看著厲心棠卻依然割不下去。

「拉彌亞……」厲心棠留意到她的遲疑，趕緊再使出撒嬌模式，「眞的不要……我只想當人。」

她可以用力的刺穿棠棠的心窩，割斷她的動脈，但這樣她的血流失太快，而藍血來不及塡滿，儀式跟咒語都來不及進行，而且她不想讓棠棠痛苦的，因此她必須溫柔的、緩慢的……

「爲什麼？」拉彌亞咬著牙，她居然眞的下不了手？她這句話是對著厲心棠身後的叔叔吼道的。

「妳以爲當年我爲什麼會撿她回來？」叔叔微微一笑，「因爲她有與生俱來的能力，簡稱**我見猶憐**。」

在人界混跡這麼久，多少悲慘孤苦的人他沒見過？在寒風中即將凍死的孩子們即使朝他伸手，他也不會出手，看著死神在旁等待某個人，他跟雅姐都會無視，因爲那是他們的命。

可是，在垃圾車裡的小小嬰孩，卻讓他破例了。

他聽見了哭聲，就想走進巷子裡看看，他瞧見了蒼白的小小身體，就想抱起來呵護。

我、我見什麼猶憐？闕擎聽著叔叔所言，突然覺得……好像是這麼回事！

「記得當年我抱她回店裡時，妳不是很訝異嗎？而且還責怪我違反規律，用還魂術讓她甦醒？」叔叔邊說邊走，但其實巧妙的逼近拉彌亞，「但我其實沒做什麼，我撿到她時，她一息尚存，我只是給了她活下去的生命力而已。」

還魂術？抱著嬰孩的楊萱玫雖然盡可能讓自己沒有存在感，但她還是聽到了關鍵詞，是不是……她的米米果然是有希望回來的！那個女孩就是還魂術復活的嗎？

「我？」連厲心棠都一臉懵，但她沒有回頭看向叔叔，反而更加楚楚可憐的望著拉彌亞，「別傷害我，拉彌亞，我很怕……」

看著她的淚水，拉彌亞只有一陣心疼。

「妳無法、也不會傷害她的！拉彌亞，仔細想想，爲什麼沒有一個惡鬼面對她時，會對她即刻下殺手？記得嗎？之前雪地裡，食人鬼與她面對面時，爲什麼我不怕食人鬼吃了她、還阻止妳出面？因爲大家看見她，都會遲疑！」

厲心棠不是沒有能力的人，除了感受亡者情緒外，她天生的能力就是能讓人看著她會無法立即痛下殺手，讓她有時間反應甚至逃走，具有一定程度有效的避禍！

是啊！闕擎回憶在腦子裡奔騰，不禁抱怨：「馬的！所以每次我都被襯托成砲灰就是這樣嗎？」

哪次不是他傷得比較重啊？惡鬼厲鬼跳過她後，就是針對他啊！

「原來啊……」身後的德古拉也跟著讚嘆，看來他也不知道。

難怪，棠棠是那麼惹人喜愛的孩子，也難怪即使是人類，再凶惡的惡鬼來到「百鬼夜行」做客，也都不會對她太差。

「妳這麼愛她，就更不可能傷害她的。」叔叔加重了語氣，「拉彌亞，沒有母親會傷害自己的孩子的！」

母親？拉彌亞對這個詞動容，就在分神的瞬間，叔叔出手了！

就是現在——拉彌亞蛇尾消失成雙腳，直接被打進洞穴深處，厲心棠即刻轉身衝向叔叔！

叔叔根本不如表面的平靜，他擔憂的張開雙臂，要將最疼愛的孩子摟入懷中。

「闕擎！」

那個最疼愛的孩子，梨花帶淚的掠過他身邊……直直奔向他身後的男孩！闕擎騰出左手勾住她，避免她撲上來加重他的傷勢。

女孩知道他的傷，很有分寸的雙手環住他的頸子，全身抖個不停，泣不成聲。

「我只想跟你一起當人類！」

喔喔，德古拉退後了幾步，看著眼前小倆口的膩歪，前方十公尺的「父親」

看起來正火冒三丈，老大雙手還開著咧。

「妳、妳別給我拉仇恨值了！」闕擎嘴上這麼說，但卻緊緊勾著她，「她沒割傷妳吧？」

厲心棠搖了搖頭，可愛的小臉哭得紅腫，眞的是我見猶憐!!

啪噠！巨大蛇尾擊中洞穴頂端，整個洞穴爲之震動，落石紛紛，闕擎下意識護不了她，只能把她往洞外推。

「出去吧，離開這裡拉彌亞就不能得逞了！」德古拉也拽著闕擎往洞外去，「離開她的巢穴！」

是啊，離開了拉彌亞的巢穴，就不能做她的孩子了！

距離不遠，只要出去就安全了！

「這小子……不回我訊息，裝死啊！」

洞穴外，有一大隊特殊警察甚至包括軍人站成了一排，蔡平昌就在前方指揮著。

「長官，守在這裡有用嗎？」

「今天不拿下他，就對不起犧牲的弟兄了。」蔡平昌神情嚴肅，充滿殺氣。

上午去縱火的弟兄兩名、跟監失蹤的弟兄四名，就在剛剛，他們失去了今天跟蹤他的弟兄下落，同時得知了在寧靜街上蹲守的一整隊六人，都在租下的監控室裡自殺身亡了。

他越來越理解，爲什麼程元成會讓私仇凌駕於公事了，因爲這眞的太過分了，士可忍孰不可忍！他不知道還能看自己的弟兄犧牲掉多少？

「百鬼夜行跟那間神經病院那邊的人都佈署好了吧？」蔡平昌冷冷的問，「我就不信，他能狠心到全部都捨棄。」

他帶領著一隊特殊警察前來，大部分的人只知聽令行事，並不深刻理解箇中原由。

蔡平昌並不想知道闕擎來到這裡、進入那個洞穴做什麼，他們能經歷的事都很玄幻，但他只要專注於他這個人就好——讓他答應爲國家做事，並帶走他。

「長官。」下屬遞來電話，是國安局的長官，JB。

蔡平昌恭敬的接過，一一匯報，「我知道，我有信心，我們現在掌握了他所有弱點……是、是，我理解！」

「如果他眞的完全不在乎那些人的死活……我們得不到的，也不能讓別人有機會得到。」

組長下了令，蔡平昌緊窒的深呼吸，「我理解了。」

如果眞的無一人能要脅闞擎的話，那……他也沒有存在的必要了。

惡魔與妖怪的打架實況雖說難得，但並不適合觀賞，光是拉彌亞那有力的蛇尾不定時拍在洞穴裡的聲響，就足以讓人心驚膽顫，深怕下一秒就會打碎自己的骨頭。

闞擎帶傷推著厲心棠要奔離巢穴，但厲心棠一瞄到變異的楊萱玫，就不可能忽略她手上抱著的嬰兒，利用法器傷害她後，搶了就走！

「把孩子還給我！那是我的孩子！」楊萱玫膽小怯懦，但扯到孩子她就會跟瘋了一樣，什麼都不怕的急起直追。

「她不是妳的孩子！妳孩子已經死了，都燒成炭了！那本書裡的召魂術是假的！妳殺一百個孩子都不可能會成功！」厲心棠抱著女嬰往前跑，闞擎有氣無力的跟著，他痛得要命，動作緩慢，但楊萱玫的小蛇尾啪啪啪的依然驚人。

「騙人！」唰地一下，楊萱玫竟繞到他們正前方，攔住了去路，「妳也是被還魂術復活的人，我剛聽見了。」

「妳耳包嗎？叔叔撿到我時我就還有呼吸！」厲心棠咬了咬唇，突然回頭把女嬰塞給了闕擎。

咦？為、為什麼給他啊？闕擎全身僵硬，他一點都不想抱這種軟綿綿的東西！

哼！法器她也有，厲心棠拿出了十字唸珠，這上面有三種混合宗教，瞎貓都能碰到死耗子的！她不客氣的朝楊萱玫甩去，剛剛才吃過虧的楊萱玫當然格外留意，她的蛇尾趁機偷襲，厲心棠竟俐落閃過。

對啊，我見猶憐嘛！闕擎突然放下心來，大家攻勢會遲緩些也正常，好像也不必太擔心，說不定楊萱玫在最後關頭也下不了手？

不過他們撞鬼的紀錄裡，她還是有受傷的，遲疑不代表不會下手，拉彌亞是因為太愛了。

剛剛一陣攻防後，厲心棠趁機往前滾了一大段，離洞口更近了些，闕擎抱著嬰兒也趁機朝前，並且打算趁著他們往右邊混戰時，能從左邊的空隙溜走。

楊萱玟對蛇尾的運用自然不如拉彌亞成熟，但阻斷去路還是能的，只是在她預備捲住厲心棠的雙腳時，卻看見了她從衣內滑出來的鍊子。

她脖子上掛了一大堆的法器、唸珠、十字架、護身符、佛珠，當然也包括那個生命樹項鍊。

楊萱玟下意識撫向自己的胸口，她的項鍊……啊！

「我的項鍊！」她怒眉一揚，指向了厲心棠的胸口，「那是我的東西！」

該死！闕擎立即暗叫不妙。

厲心棠低首一瞧，壓住自己胸口那一大串，「這我的東西，什麼時候是妳的了？」

闕擎抱著嬰孩上前，用手肘推了她的背，走啊！別鬧了！

磅！蛇尾突然在身後打下，震動到闕擎差點站不穩，他及時拉住厲心棠穩住身子，後方看起來很激烈啊！

「那是我的……」楊萱玟咬著牙索取，厲心棠回身接過孩子，大跳著往前去！「不許帶走我孩子！項鍊也還給我！」

她要追，卻突然被無形又帶攻擊的牆擋了住。

原來剛剛厲心棠利用閃躲時，將法器繞著楊萱玟繞了個圈，把她困在裡頭了！她一手抱著嫩嬰，一手攙著闕擎，想趕緊離開這裡。

「米米，那是我的米米！她就要回來了！」楊萱玟驚恐的喊著，法陣已畫，祭品已上，這一次她的孩子一定能回來的！

往前撞，那法器就會傷害她，可是……如果她不去搶回那孩子，米米就沒有身體了！現在的情況，她沒有辦法出去再找另一具身體的。

咬著牙，楊萱玟忍著全身刀割的痛楚，突破了法器結界，鮮血四濺，她每撞一下，全身上下就會被無形風刀切割，但這都無法阻止她的行動……闕擎回首看著她咬牙也要突破結界的決心，這就是身爲母親的堅強吧！

知道楊萱玟忍著疼追過來了，蛇移動的速度比他們快得多，手上有蕾絲戒的闕擎自是殿後，突然回頭擋住楊萱玟。

「妳的在這裡，那條項鍊是棠棠出生時就戴在身上的。」他手一鬆，一條鍊子突然從他掌心落下，在半空中晃盪，「妳要不要解釋一下，小柔是誰？」

楊萱玟看著在眼前晃動的鍊子，顫抖著手接過，然後再看向即將出洞口的厲心棠，她正吃驚的回首，胸前一模一樣的鍊子也正晃盪著。

二十四年前，這條鍊子是戴在那個嬰孩身上的，但是施咒後孩子抽搐失禁，全身發紫斷氣，她只好把嬰孩扔了！難道她是……

「我以爲妳死了……被流浪狗或貓咬走了！」楊萱玫喃喃說著，「我後來有回去要拿回項鍊的，但是我回去時妳就不見了……」

厲心棠緊緊抱著嬰孩，只是遠遠的看向拼命撞向結界的拉彌亞，叔叔在洞穴裡築出一整片的結界，拉彌亞也不停的撞擊，藍血飛濺，她整張臉已經變得非常駭人扭曲，凸出的雙眼大喊著：「不要離開！」

「我、要、當、人。」

她一字一字，是對著拉彌亞的眼睛說的。

轉回身子，她堅定的朝著洞外走去，只是才沒走兩步，雙腳倏地被蛇尾一掃，整個人狼狽的往前撲倒！

「哇！」

沉睡的嬰孩因而飛起，受傷的闕擎根本不可能救，但那小蛇尾卻準確的捲住飛天的孩子，唰地又給捲回，重新回到了楊萱玫的懷抱！

她渾身是血，雙眼都已經因爲瘋狂的渴望也轉紅，失而復得般緊緊抱著嬰兒，趕緊回身就要衝回她的法陣。

「小柔是誰？妳還沒回答闕擎！」厲心棠咬牙站起身時，對著楊萱玫大喊，「我就是小柔對吧！」

第十三章 母親

厲心棠？闞擎倒抽一口氣，爲什麼她知道？他以爲剛剛那距離她聽不見的！

削瘦的背影戛然止步，楊萱玫眞的太乾瘦了，而且她背上滿是暴露的青筋與血管，在闞擎眼裡，她全身都散發著像鬼魅的氣息，說不定在使用惡魔詛咒的某刻她就已經死了，再幻化成這個人身蛇尾的姿態。

「米米被燒死時，妳是懷著孩子的，妳戶口上的老二到哪裡去了？」闞擎小心翼翼的觀察著厲心棠的神情，「那個叫小柔的孩子既沒給妳婆婆跟大姑撫養，也沒有任何消息，但卻有另一個戴著同款項鍊的女嬰，被扔在垃圾子母車裡。」

她不該這樣的。

楊萱玫努力的去回憶遙遠的過去，她眞的太愛太愛米米了，她無法承受無辜被燒死的她，一心只想要她回來。

「妳那個世人所謂的瘋子鄰居鄭海莉，趁機教妳返魂咒對吧？但移魂就需要有個身體。」闞擎轉頭看向了厲心棠，「在妳綁架其他人的孩子前，妳直接使用了剛出生的女兒是嗎？」

「我是不得已的，都是我的孩子，我只是、我只是……」楊萱玫使勁的抱著嬰孩，痛苦的蜷起身子蹲下，「我想要米米回來！她還這麼小，他爲什麼會被燒死！」

但是，另一個也是她的孩子啊！她竟把二女兒當成老大的降魂軀殼嗎？

德古拉協助叔叔多加了層防護，因爲拉彌亞已經不顧遍體鱗傷的衝撞，他注意到了這裡的狀況，神情嚴肅的催促著。

「囉嗦什麼啊，快點出去！離開巢穴！」

「闕擎，刀給我。」厲心棠突然大跳向前，朝向了楊萱玫。

闕擎將隨身攜帶的刀扔給她，楊萱玫警覺的回首看向厲心棠，但她沒有攻擊，因爲這一次，她已經意會到厲心棠是誰了。

楊萱玫，是厲心棠的生母啊。

不僅拿她當成老大返魂的軀殼，甚至在失敗後還把孩子扔在了垃圾子母車裡。

「妳回去不是找我，是找項鍊吧，這麼重要就還給妳！」

厲心棠扯下了頸子上的項鍊，冷不防的朝楊萱玫扔去。

她並沒有完全朝著她去，而是朝蛇尾的尾端走去，在楊萱玫伸手接住時，驀地發出慘叫：「啊——」

厲心棠一刀子插進了蛇尾裡，刀子是淨化的法器，楊萱玫的蛇尾疾速泛黑；厲心棠大跳著來到痛苦扭曲的楊萱玫身邊，再度搶過了嬰孩，可是楊萱玫太堅持，即使蛇尾正在焦化，她還是拼命的想保下嬰孩。

「不能帶走，這是米米的身體——」楊萱玫死扣著嬰孩，嬰孩因疼痛而酥醒，開始哇哇大哭。

「不要再濫殺無辜了，妳第一次召魂就成功了！」厲心棠突然大喊著，「我是妳的小斑鳩啊！」

什麼!?闕擎以為自己聽錯了。

小斑鳩這個詞，他才十幾分鐘前聽楊萱玫喃喃自語過，厲心棠為什麼……鄭海莉是信奉惡魔的，他問過她教給楊萱玫的詛咒是什麼，她斬釘截鐵的說，那就是召回亡靈的方式，絕對能把米米的靈魂喚回……所以，當年眞的第一次就成功了？

楊萱玫愣住了，她不可思議的看著厲心棠，腦袋一片空白。

厲心棠順利搶回了女嬰，逼近楊萱玫咬牙說著，「我恨妳，因為妳把我扔進垃圾子母車裡了！但我也謝謝妳，把我扔進了垃圾子母車裡。」

她決絕的說著，抱著女嬰旋過身，朝闕擎使了個眼色，毫不猶豫的一路朝洞外奔出。

「啊啊啊——米米——」意會過來的楊萱玫發出淒厲的慘叫聲，「媽媽不是故意的，媽媽——」

人影倏而來到她的面前，闕擎蹲下身子，捧起那痛哭失聲的臉，楊萱玫那雙再也無法闔上的眼睛就這麼看著闕擎，她無法閉眼、也無法閃躲，只能看見這男孩黑色瞳仁逐漸擴大擴大，直到填滿了眼眶。

「妳只是打著母愛，在做傷害孩子的事，並非只要妳愛著孩子就可以為所欲為，而且小柔明明也是妳的孩子，至於別的小孩，也有他們的母親疼愛，別人折磨妳，不代表妳有權去折磨他人。」

闕擎後面那句，是對著在結界瘋狂衝撞的拉彌亞說的。

扔下楊萱玫，闕擎一拐一拐的往洞外走去，洞穴依然震顫，拉彌亞的尖吼聲長嘯著，而楊萱玫木然的舉起右臂，咬下自己手上的肉，一口一條的嘶咬著，然後啃起自己的血肉與骨頭。

如同拉彌亞吃下別人的孩子一般，只是楊萱玫享用的是自己。

厲心棠離開洞穴，懷裡的嬰孩啼哭不已，這裡距地面還有段小落差，不高，是段斜坡，可是抱著孩子她真的不會走。

「闕擎……」

「別看我，我是傷患。」身後是慘叫與怒吼聲的回音，震得人耳朵難受，

「能再走下去點嗎？我覺得站在洞穴門口不太好。」

總覺得還是拉彌亞的領地範圍，等等蛇尾一捲，就能把厲心棠再捲回去。

厲心棠只好壓低重心，小心的往下走，剛剛上來都是靠拉彌亞，沒想到下去的路偏又陡，雖然一堆石頭有磨擦力，但萬一撞到可就疼死了！

闕擎身上的手機開始震動，他很不想理睬，直到電話打來……會打電話的都沒好事。

「請說。」

「你以爲你有拒絕的選項嗎？話說你現在看起來挺狼狽的！」

嗯？闕擎警覺天線即刻豎起，趕緊朝前喊著，「厲心棠！停下！」

厲心棠立即止步，前面剛好有塊大石頭，她就著大石原地蹲下，緊張的回望。

「我不會被任何人所用的，在國外是，在這裡也是。」闕擎向前幾步，往下方看去，果然看見了拿著手機的蔡平昌，「你追到這裡來也太勤勞了吧？但你就算跟到我家裡，我答案還是一樣！」

厲心棠探頭而出，剛剛都沒注意到，下方這麼多人啊！

「是嗎？我還有一個小隊在『百鬼夜行』外，另一隊在神經病院。」蔡平昌驕傲的說，『我們不惜動用各種力量，換得你的同意。』

厲心棠把嬰孩小心放上地面石頭縫的角落，「他們今天早上放火燒店喔！」

「我不受要脅的。」闕擎直接掛上電話，多說無益。

蔡平昌瞇起眼看著他，他們相距不過十幾公尺，只是闕擎的位置高了點，兩兩對視，他氣不打一處來。

「油鹽不進的傢伙。」他嘖了聲。

闕擎右手轉著蕾絲戒，心裡有些盤算，他突然主動往前，就差那麼幾步路，他要親自去找蔡平昌談談。

「我過去找他們談，妳帶著孩子下去後就等叔叔他們，絕對不要穿過沼澤。」他抬頭，天快黑了，希望今晚誰都別在這裡過夜。

「不行！你受傷了！萬一他們——」厲心棠倏地站起，一下就擋在他面前。

砰！

聲音比感覺快，闕擎聽見槍聲時先是錯愕，眼前的厲心棠雙手還正握著他的雙臂呢！他們正相互對視著，接著是幾秒鐘的狐疑，然後……痛苦瞬時漫開，伴隨著厲心棠痛苦扭曲的臉。

「啊……」她痛得彎下身子，原本抓握著他臂膀的手滑了下去，厲心棠倒下，闕擎試圖抱住她，但他也根本撐不住，兩個人直接從上頭摔了下來！

蔡平昌完全措手不及，他發狂的回首，「誰！誰開的槍！」

一位年輕警察沒有任何否認，他發顫的手舉起，雙眼熱淚盈眶，「他殺了我哥!!」

「你也不能——啊！」蔡平昌才想往前，但立即止步，「撤！立即撤退！」

「長官？」

「必須把我們的痕跡抹掉，我們不能在這裡、我們今天誰也沒在這裡！」他看著從上方一路滾落在地上的兩個人，「得找人處理這邊……對！打電話叫章警官出來處理。」

空中依舊迴盪著嬰孩淒厲的啼哭聲，但是掉下來的闕擎跟厲心棠，卻是動也動不了。

子彈是穿過厲心棠再穿過闕擎的，同時貫穿他們的肺部，血大量的往外流淌，摔下來的頭與骨折不在話下，他們摔落後分向兩邊彈開，闕擎伸長手也觸不到厲心棠……而那枚蕾絲戒指，果然只為保護厲心棠而存在。

他趴在地上，而厲心棠是仰躺，她開始劇烈的咳嗽，鮮血從口鼻濺了出來，上方洞穴裡歇斯底里的拉彌亞正瘋狂與叔叔對打，楊萱玟還沒把自己啃完就已氣絕，此時，德古拉卻嗅到了他最最最最熟悉的血腥味。

「棠棠！」德古拉驚恐的閃現到厲心棠身邊，「天哪……出什麼事了!?」

厲心棠的胸口已被鮮血染紅，她說不話來，肺部出血讓她猶如溺亡般的難受，根本無法呼吸，德古拉隻手抓起闕擎的後背，粗魯的甩翻過來，這個傢伙也一樣！

叔叔倏而出現在身邊，大手壓住厲心棠的胸口，但鮮血卻從指縫間拼命湧出，他抓起闕擎的右手，不敢相信的看著上頭戴著的戒指。

「妳怎麼會把蕾絲戒給他？」叔叔痛心的吼著，「那是我給妳的啊！」

厲心棠沒辦法說話，嘴角很想擠出一絲笑容，可是實在太痛了，痛到……她……

「對不……」闕擎連道歉都沒辦法，噗嗤的吐了一大口血。

他太自信了！他以爲可以用這個戒指賭一賭，不，他自信在於認爲政府會放火燒「百鬼夜行」，可能也會燒了精神療養院，但要他的能力就不會對他下手。

他太自以爲是了。

「啊啊啊啊啊啊——」尖銳的叫聲來自上方，拉彌亞看著在血泊中的厲心棠，幾乎瀕臨了崩潰。

她最害怕的時刻，居然來得這麼快！

「送醫來不及！」德古拉緊握著拳，「但如果，我能把他們都變成吸血鬼的話……」

「不行！」叔叔當即否決，「不能讓他們變成……吸血的……」

「這就是你要的嗎？讓她以人類之姿成長，讓她以人類之姿死去，這麼快就離開我們！才二十四年啊！」拉彌亞歇斯底里的喊著，「都是你的錯，利維坦，你明明可以做到更多的！」

叔叔看著瘋狂的拉彌亞，他也痛心啊，可是……「她說，要當普通人的！」

拉彌亞搖著頭，她拒絕接受這樣的現實。

冷不防的蛇尾左右打飛了叔叔與德古拉，她迅速的捲起厲心棠，另一手拉起闕擎，唰唰唰地回到了她的巢穴深處。

「來不及的！拉彌亞！」叔叔重返洞穴，「就算妳要換血也絕對來不及的，他們快走了……讓他們平靜的去吧。」

拉彌亞拖著他們來到洞穴深處的一處積水湖邊，厲心棠因難受與疼痛在哭泣，而闕擎的痛覺卻在消失中，他覺得，平靜的人生似乎就在眼前了。

厲心棠就在他旁邊，他用盡最後的氣力終於碰到了厲心棠，僅僅只是小指勾到，卻連握住她的手都做不到。

「有更快的方法。」拉彌亞抬頭看向叔叔，「你得幫我，利維坦。」

叔叔從不解到狐疑，乃至於恍然大悟，完全不敢置信！「拉彌亞？妳知道妳在做什麼嗎？」

耳邊的對話很清楚，但眼皮很沉重，闕擎其實有很多話想說，但現在他只知道一切都將平靜下來，他的人生這樣就夠了，再長也是種折磨。

幸好，最後可以觸及的，是厲心棠的體溫。

或許再多一點時間，他就能自在的說出對她有好感，對於一個從未體驗被愛與愛人的人而言，很多表達對現階段的他而言都太難了！只是，他知道，厲心棠幾乎就是那個唯一。

不過，晚了，或許什麼都沒說，對他而言是……最……

女孩抽搐哭著，實在太痛了！血不停的灌滿她的肺腔跟鼻腔，嗆得她難受，她好想翻個身，但怎麼都動不了。

猛地一股力量突然壓上胸口，有大批的力量傳了進來。

「拉彌亞！」德古拉簡直不敢相信，拉彌亞正在把力量分給棠棠！

一般人所謂的妖力、靈力或法力怎麼稱呼都行！總之，她把屬於自己的所有力量，都過給了棠棠！

衣下的傷口迅速癒合，厲心棠感受到明顯且強烈的力量灌入她體內，她瞪圓的雙眼漸漸變成了琥珀色，狠狠倒抽一口氣後原地仰坐起！

「啊……」體內的力量強勁的衝撞著，她也正承受著這股衝擊！叔叔趕緊繞到一邊攙住了厲心棠，好讓她能枕著他，同時穩定在她體內的力量。

厲心棠面前的拉彌亞卻漸而虛弱，她巨大的蛇尾逐漸變成了雙腳，無力得癱軟倒下，幸而德古拉先一步抱住了她。

「早知道……這樣就好了對吧？」拉彌亞有氣無力的說著，「這是最好的方式……」

厲心棠不再感到疼痛或是難以呼吸，她看著眼前開始變模糊的拉彌亞，一時無法理解，「不不不……妳做了什麼？拉彌亞！」

望著那比她還澄澈的亮琥珀雙眼，拉彌亞竟有種欣慰感，她愛憐的撫摸著厲心棠的頭髮與臉頰，輕輕的笑著。

「別怕，我會把妳的傷帶走，把妳的脆弱、病痛全部拿走……」淚水緩緩滑下，拉彌亞卻始終含著笑意，「我……會守護著妳的！」

「妳不行這樣……不行！」厲心棠哭喊著轉頭，「叔叔，我已經好了！我沒事了！可是拉彌亞爲什麼變這樣？」

叔叔沒說話，只是擰著眉，悲傷的看著她，搖了搖頭。

「我沒事的！別、別擔心我！」拉彌亞的手終究無力的垂下，厲心棠立即緊緊接住，早已泣不成聲。

「爲什麼這樣做？拉彌亞，妳對我做得太多了！」厲心棠將她冰冷的手拉起，緊緊貼在她的兩頰上，「快拿一點回去，我只要……傷口好了就沒事了！」

拉彌亞笑了，她笑得既美麗又溫柔，盈滿慈愛的淚眼始終凝視著厲心棠，能多看一秒是一秒。

「傻孩子，母親永遠願意爲孩子做任何事的。」

淚水模糊了厲心棠的視線，她崩潰的大哭失聲，撲上前緊緊抱著無力癱軟的拉彌亞，不停喊著：「把力量收回去啊……」

拉彌亞喜歡棠棠的擁抱，一直都很喜歡，她的一生最終被這個無血緣的女孩所救贖，沒想到最後一刻還能享有這樣的擁抱，她將下巴輕靠在女孩的肩頭，望著在女孩身旁的叔叔。

「麻煩你最後一件事，老大！」拉彌亞虛弱的要求著，「我眞的累了，能不能讓我……好好……睡個覺？」

無法閉眼的拉彌亞，無論如何疲憊都無法闔上眼。

感受著臂彎之間的身影越來越透明，厲心棠再怎麼使勁擁抱也圈不住變薄的軀體，她哭喊著死都不願鬆開手，但最終是德古拉強行將她們分開。

「讓她睡吧。」德古拉扣住她掙扎的身體，低沉的說，「她太久沒好好睡一覺了。」

厲心棠無力的痛哭著，看著躺在一旁不再有動靜的闕擎，再看向叔叔微笑著趨前，隻手箝著拉彌亞的下顎，誠懇的向她道謝。

「謝謝妳這麼愛著她。」叔叔由衷感激，「妳真的是她另一個母親。」

拉彌亞滿足的微笑著，接著叔叔伸手向前，二話不說將手指戳入了拉彌亞的雙眼，活活摳出了她那一雙淡黃色的眼珠。

「叔叔——」厲心棠尖叫出聲，德古拉依然制住她。

「只有這樣拉彌亞才能睡去！」德古拉趕緊喚著。

是啊……拉彌亞綻開微笑，即使沒有眼皮，她也終於能好好的睡一覺了！

拉彌亞的形體隨風消散，唯一留下的是在叔叔掌心內那兩顆眼球，以及那風中的寄語：

我愛妳，棠棠，永遠都是……

「拉彌亞！」

淒厲的哭喊聲響遍了洞穴，甚至連在附近的沼澤地都能聽見，日暮西沉，這片陰邪之地的亡魂們亦跟著鬼哭神號；數輛車子在清理完現場痕跡後即刻離去，今天的晚霞奇特得如火一樣紅豔，燃燒著天空。

而遠在數十公里外，首都R區的山裡，有座與世無爭的「平靜精神療養院」，他們正用實實在在的火燄燃燒著天空！

寶藍色轎車在某個路段停下，前方交通管制，消防車已經全面出動，正在積極灌救；車內的中年男人又驚又急的衝下車，焦心的衝了過去，慌亂到出示警證時還掉落在地。

「章……章警官？不！不能靠近，火勢太大了！」轄區警察大喊的同時，背後傳來了爆炸聲響。

被大火燒爆烈的玻璃噴發，下方正在拉水線的消防隊員紛紛閃避。

「裡面有人啊，全是患者！」章警官緊張的吼著，「他們很多都被束縛，逃不了啊！」

「我們只能盡力，現在燒得太旺了，根本不能進去——」說著，背後又傳來爆炸聲響，「這可能有易燃物跟藥品，爆炸不斷，眞的太危險了！」

章警官不停的撥打著手機，但闕擎跟厲心棠都沒接，他們人在哪裡？有沒有在裡面？他看著火光沖天，火燄已經完全吞噬了整棟建築物，不管誰在裡面，都不可能有逃出生天的機會了。

爲什麼會失火？還在短時間內全部燃起？還燒得這麼徹底？他心裡起了股惡寒跟不妙的預感。

還在撥打電話，一通加密電話卻打了進來，章警官擰著眉看向來電，閃身到一旁較安靜的地方接起電話。

「喂。」

「章警官，有急事要你處理。」這聲音化成灰他都聽得出來，是蔡平昌。

「我現在在陳舊的冷案檔案室整理資料，還能有什麼事需要我處理？」

「我把地址發給你，那邊可能有命案，你找你的人一同過去處理，但不能聯繫當地警察，還得把現場處理乾淨。」

「先說清楚什麼事。」章警官看向天空，天色已暗，看來又是棘手的事。

「你去到那邊就知道了，屍體一定要帶回來，不能留痕跡聽見了嗎？」蔡平昌閃爍其詞，這讓章警官更覺得奇怪。

他深吸了一口氣，看向了眼前的奪命大火，怒不可遏。

「我幫你報警找轄區吧，別找我檔案整理的人了。」不給蔡平昌回應的機會，章警官直接掛上了電話。

他的小隊都被打散去做一堆文書處理了，擁有資源的蔡先生不處理，這怎麼看都是「我有一口鍋需要你來背喔！」的前兆。

章警官決意奔回車上，換了另一支手機繼續撥打闕擘的手機，努力調轉車頭，脫離車陣後，有更重要的地方要去一趟。

希望兩個孩子，人都還在「百鬼夜行」！

一巴掌狠狠甩下年輕警察的臉頰，力道之大讓他摔到地上，也只能立即站起，接受下一巴掌的懲罰！

「幹！」ＪＢ甩著手，打人手也是會痛的，「我們費盡心思就是要他這個人，你一槍就把他殺了！」

年輕警察頂著被打腫的臉站起，「報告長官，他殺了我哥哥。」

「那又怎樣！他是能為國家做事的人，他能做到的事，你跟十個你哥都辦不到！」組長忿怒的吼著，氣急敗壞的抓過一旁的擺件，又狠狠往年輕警察頭上尻了過去。

蔡平昌在旁不敢吭聲，這是始料未及的意外，原本只是想要脅闕擎，誰知道隊上居然有人開槍射殺，而且還不只殺了闕擎，連那個女孩一起殺了。

這個年輕警察的哥哥，就是寧靜街的六人小組之一。

「你！你怎麼帶隊的？不是盡在掌握中嗎？」JB矛頭終於轉向了蔡平昌，「看看現在的狀況，人死了！死了！」

「對不起！我是真的沒想到會出這個意外！」蔡平昌試圖為自己開脫，「但您也說了，如果闕擎堅決不同意，寧可殺掉他也不能給他人利用……」

「問題是方法沒試完啊！你用那個女孩的生命威脅他了嗎？你放火燒了那間神經病院嗎？你打斷了護理長的腿了嗎？你斷了盲人護理師的指頭了嗎？都還沒啊！」JB簡直怒不可遏，待做清單一串，一個都沒試！「我舉個更直接的——你拿槍抵住章警官的頭了嗎？」

蔡平昌繃緊神經，不再說話，再多的辯解都顯得蒼白不力。

下午才發生意外，晚上他們就緊急在一間餐廳集合，這是極度密閉式的包廂，位在餐廳二樓且全面封閉，向來是讓他們議事吃飯使用的。

ＪＢ眞的完全無法預料事情走向，就差一點點，他幾乎就能得到這完美的武器，這是多大的功績啊！

「現場怎麼樣了？闕擎屍體呢？」

「我已經派人去處理，原本是叫章警官去的，但他公然抗令。」蔡平昌話裡話外都帶出了章警官的不可用，「我只好派另一小隊去，闕擎的屍體一旦運回來會立即回報。」

「屍體……我還眞不知道要屍體有什麼用！」ＪＢ眉頭都揪在一起了，「降魂術不知道有沒有用……」

既然負責了特殊能力者，他手下自然還有其他奇人異士。

「如果要準確降魂有點困難，因爲他跟『百鬼夜行』有關聯，我們的靈媒都說那是不可碰的。」得力下屬趨前，「而且同時發出警告，厲心棠是百鬼夜行的人，我們殺了她，只怕……」

「他們如果要個說法，就把這混帳綁起來，送去給百鬼夜行！」ＪＢ指著倒在地上、額角鮮血如注、癱軟無力的年輕警察喊著，「讓他去賠罪！是他殺的厲心棠！」

年輕警察難受得緊握拳頭，那女孩是誤殺！他瞄準的是闕擎，是那個女孩突然站起來的。

叩，焦急的叩門聲響，守門者從貓眼探視後打開了門。

「報告！您們看電視了嗎？」副組長焦急忙慌走了進來，「精神病院被燒了！」

什麼!?蔡平昌詫異的趕緊抄起遙控器，打開電視，果然新聞主播背後就是熊熊大火！他第一時間轉頭看向ＪＢ，ＪＢ卻瞪大死魚眼看向他。

「我沒有！線我佈好了，利用安檢時放了炸藥，人員也潛入當清潔工，易燃物已備妥，但沒有下令我不敢燒啊！」蔡平昌趕緊出聲！

「那為什麼會燒起來？是不是你們易燃物放太多了，不小心燒起來就一發不可收拾？」ＪＢ看著那火勢，搖了搖頭，「算了，闕擎都死了，那些神經病留不留都不是問題！」

「怕的是火災調查，因為事出突然，也不是我們的人去搶救。」副組長語重心長，「這事情處理起來很麻煩。」

JB擺擺手，國安局做事，就沒有什麼事能稱得上「麻煩」。

「闕擎的屍體必須由我們解剖，看能不能知道他究竟是怎麼讓人自殺的。」

JB走回桌邊，「我怕百鬼夜行搗亂！蔡平昌，那邊你去負責。」

「是。不過厲心棠的死……」蔡平昌怕的是這個，難以交代。

JB喝了口茶，略爲平心。

「沒有屍體便沒有死亡，找個地方把她的屍體處理掉，永遠找不到，這樣就只能算她失蹤。」JB滿心懊悔的是，等待這麼久的最佳武器，就這樣白白丟了！

他忿恨的瞪著那個年輕警察，眞是成事不足敗事有餘！

蔡平昌領了令，拎起那個年輕警察就要離開，但副組長卻攔下了他，「別眞的把他丟到店門口，你現在帶去賠罪就間接承認厲心棠死了。」

「我知道。」蔡平昌可沒那麼蠢。

年輕警察踉踉蹌蹌的被拖走，他其實心有不甘，他不理解爲了一個男人犧牲這麼多弟兄是爲什麼？過去再多疑問也睜一隻眼閉一隻眼，直到早上傳來哥哥的噩耗時，他就再也受不了了。

有什麼是他們幾十個爲國家做事的人不能做的？

蔡平昌拎著他跟自己的弟兄們離開，在走廊上時跟推著餐車的飯店人員擦身而過，餐車上放著的都是托盤，一份一份的，在這兒都是簡單吃，即使蔡平昌一整日未曾進食，但現在這種緊繃狀況下也沒胃口。

餐車進了房間，一共三層，放了二十幾份，大家迅速分發著，主管的菜餚自然精緻點，餐廳人員特別擺在最上面，遞給ＪＢ跟副組長。

「大家迅速吃，半小時後離開。」

「是！」

在餐車要離開時，ＪＢ叫住了餐廳人員，「喂，你們！」

兩名人員緊張的回頭。

「我們等等要分開走，後門的地方清出一條路。」他們一向如此，否則這麼多人出入也太顯眼。

後門其實是防水巷裡的垃圾區，各家店都在小巷外刻意圍一個木門，一般人以爲是私人地不能走，只要垃圾移動一下，能讓人離開就好。

「好！」老闆啞著聲說，每次接待這群人，都讓他心驚膽顫，偏偏這群客人又不能拒絕。

「讓外面的人也進來吃吧，等等把走廊封上。」副組長看著茶几上的四份菜，吆喝外頭的同僚進入，「是不是少了幾雙筷子？」

「啊，馬上送來！」老闆緊張的要死，趕緊拉著餐車離開。

外頭是一條兩公尺的走廊，每次這群客人來時二樓都必須封住，他把筷子交給員工，自己則急匆匆的到後門去準備清一條路出來，好送走貴客。

員工抓著筷子折返，禮貌的敲門後遞上筷子。

「謝謝。」來人接過筷子，頷首道謝，便立即關上門。

但是，關不上。

員工的腳正擋著門，來人緊張的抬頭一瞧，想說些什麼，但眼神卻突然渙散了；員工一把抽過筷子，閃身進入屋內，開門的人依舊站著一動不動，有人正在扒飯，有人卻也很快的注意到門邊的情況。

「筷子放下就可以走了！」另一個人上前朝他伸手要筷子。

「這麼簡單？不是一直想找我嗎？」

咦？所有人登時一愣，嚇得放下手裡的東西，迅速的掏出槍來，全部不約而同的指向員工。

「不許動他！」ＪＢ大喝一聲，緩緩的站起身，「我的天……你……」

白色帽子下是黑色的頭髮，較長的前髮下，是一雙黝黑的眼睛，和那張全部的人都記得的面容。

「你不是很想知道，我是怎麼讓人自殺的嗎？」

「你沒死……」ＪＢ簡直是喜出望外了，「我——」

話還沒說，整間房間裡的人齊唰唰地扔下了手裡的槍，緩緩轉向眼前的同袍，抽起了腰間的刀。

「做什麼……」ＪＢ感受到情況不對，而他的副手，正死死瞪著他，「等一下，闕擎！你——」

副手擎著刀，狠狠的就朝他衝了過來。

「好好感受一下吧！」

人們會看見此生最恐懼的事物，會拼命的想除掉威脅以保命，只是他們以爲在殺的「威脅」，其實都是在自殘；那年小小的他瑟縮在角落時，聽見的都是「救命」、「不要過來」等驚恐的叫聲。

只是他到之前才知道，原來當年古明中學的四四慘案時，他就已經能讓人們自相殘殺了……大概是將對方看成威脅吧！

現在回想起來才明白，另一個都市傳說所說的：練習無限可能。

他走出了包廂，還禮貌的關上門，一面脫下了白色工作服，順手掛上牆面，直到走出後門時，老闆正巧清出一條路，正揮汗舒一口氣。

「咦？」他看著黑髮男子，有幾分困惑，「先生，您是……」

「包廂的客人交代半小時後才能再進去。」闕擎衝著老闆微笑，「辛苦了。」

他打開木條門的栓子，從容不迫的走了出去。

老闆傻在原地，趕緊上前把門給關好，剛剛那氣質小哥他怎麼沒印象？今晚的客人好像也沒那位啊！

不過那人的眼睛還眞漂亮，老闆抬頭看了眼外頭路上的黃色路燈，可能是燈光的關係吧，他總覺得，那小子的眼裡，帶著一絲黃色的光芒。

第十四章 厲心棠

「百鬼夜行」今晚突然休店，所有的客人盛裝打扮前來，卻對這消息感到錯愕！擔憂凌駕於失望，因爲「百鬼夜行」幾乎沒有這樣過，而且從之前密集的消防安檢後，大家就很擔心店會倒，畢竟「百鬼夜行」可是連過年都會開業的地方啊。

「我沒有騙人，讓我查失蹤孩子的電話，是拉彌亞打來的。」在大廳中間，設置了一大張桌子，章警官正坐在上面，非常激動的說著他冷不防被調職後的事。

他的小組拆散，他被調到首都的舊檔案室，每天就是歸檔與整理文書，這是明升暗降，而且完全不讓他接觸現場；他知道或許跟闕擎或是厲心棠有關，總之有人認爲他的存在會礙事！尤其當蔡平昌出現時他就明白，那可是國安局的人。

「拉彌亞居然跟你有聯繫？我不太信。」雪姬氣色並不好，眼睛哭得很腫，畢竟稍早之前，她親眼看著她照顧數日的一群孩子，尖叫著被吸入了地獄中。

施咒者死亡後，一路上獻祭的靈魂就被帶走了。

「電話是從這裡打出去的，我認得她的聲音，言語間也提及厲心棠。唉，其實不管是誰找我，但我也的確在關心孩童的失蹤。」章警官語重心長的嘆息，「就我經驗看來，這些失蹤案非常有問題，沒有電話、沒有贖金，卻連屍體都沒有。」

「拉彌亞讓他調查這些，是爲了給棠棠線索，讓她去查嗎？」狼人也趕回店裡，「做這些就爲了要把棠棠帶去她巢穴？那她幹嘛不直接提出邀請就好了！就像我會跟棠棠說，嘿，要不要去我老家看看？」

一旁幾個亡者都忍不住翻了個白眼，狼人鮮少在店裡，不知道最近店裡的氣氛。

「因爲我知道她不對勁！」

從員工休息區走出的德古拉一臉疲態，他已收拾好自己，看了眼空空如也的桌上，再度繞進了酒吧台裡，今晚，每個人都需要一杯酒……或更多杯。

「德古拉……」雪姬有些難受，有很多事她早知道。

德古拉很早就跟她提起，他覺得拉彌亞對棠棠的「愛」太過度了，不僅僅是保護，還多了佔有，甚至一直對老大讓她遭遇危險有意見，只給一枚護身戒更是治標不治本，最近越來越嚴重，所以德古拉認爲拉彌亞打算對棠棠做些什麼。

加上店外突然出現天使跟惡魔盯梢，這間接導致兩位老闆無法回到店裡，拉彌亞就能掌控全局！光是突然被監視這件事德古拉就相當懷疑，總覺得也有人在操作。

拉彌亞也知道德古拉在留意，所以自然不會過分明顯，而且她的洞穴與狼人的家鄉是不一樣，狼人的「家鄉」是真的一處聚落，而拉彌亞的巢穴就只是一個潮濕陰暗、曾佈滿孩童駭骨的洞穴。

「差不多。」阿天也不太高興的以蘿莉之姿縮在一旁，「我去問了，有人放消息給各界，說人界有雪女之亂，而且是老大跟雅姐操控的！因此沒多久上頭跟下面都派人過來了！」

雪姬圓睜雙眼表示無辜，而德古拉深吸一口氣，真不意外！都不必賭，他就能知道放消息的是誰！

「楊萱玫對孩子的渴望，剛好符合拉彌亞所要的，就把惡魔咒術書交給她了！拉彌亞根本並不在乎楊萱玫能不能召回她的孩子，她只是要讓棠棠注意到這件事而已。」畢竟，大家都知道，棠棠積極試圖拿回那本惡魔咒術書。

「我幫錯了嗎？」章警官顯得相當自責，「我也只是想找到那些孩子而已！」

「你沒錯，你沒錯的！」長頸鬼突然溫柔安慰，「只是那些孩子，應該是找不到了……」

如果拉彌亞存心要讓厲心棠上勾，就不會讓任何人找到屍體，她應該會幫楊萱玫處理掉那些小小屍體，也就一、兩口的事而已，拉彌亞對吃孩子很熟稔的。

「所以，拉彌亞究竟爲什麼要這樣？」章警官提出了最關鍵的疑問。

現場一片靜默，因爲這不是章警官需要知道的事。

德古拉端著一整個托盤走來，先遞給章警官一杯酒，再依序分給所有人，「您只要知道，一切都會沒事的就好。」

「沒事……闕擎沒事？厲心棠也沒事嗎？還有那間精神療養院的人……」

「都沒事的！我保證！」雪姬趕緊安撫他，「今天是一年一度的義大利麵日，醫護人員都帶著全醫院的人一起去吃義大利麵了！」

「咦？」章警官相當驚愕，這麼巧？

德古拉笑而不語，大家逕自舉杯先輕啜一口，數秒後，章警官就趴在桌上不醒人事了！青面鬼兩兩一組，四個人抬著章警官往一旁的包廂，接下來的對話，他不需要參與。

德古拉走到他身邊，看著響個不停的手機，直接關機了事。

所有人圍在桌邊，不知道該從何開口，小淘跑過來遞給德古拉一包眞空包裝的鮮血，他欣慰的收下，一飲而盡。

「今天，太累了。」德古拉舉起杯子，「敬拉彌亞。」

「敬拉彌亞。」

女孩站在廚房裡，看著瀝水籃裡的餐具，今天早上拉彌亞使用的杯盤都還在這裡，她煎了煎餅給她吃，泡了咖啡，甚至還切了水果，那是多麼幸福的一餐。

現今，卻已是物是人非。

二樓傳來下樓聲，梳洗完後的闕擎走了下來，厲心棠都沒有抬頭，依舊死死盯著那些杯盤。

「喝點什麼？」闕擎打開冰箱，不到一秒他就完全看清冰箱有什麼，新的力量他尚在適應中。

女孩沒有回答，他關上冰箱，決定從旁邊拿兩個茶包下來沖泡！看了眼厲心棠，便決定直接取走瀝水籃裡的杯子，她卻立即握住他的手阻止。

「妳想永遠都不用這些杯子嗎？」他低聲問著，她遲疑幾秒，終究鬆開了手。

直到茶泡好，她依然站在那兒動也不動，闕擎背靠中島，望著她的背影，喝了一口熱茶，深吸了一口氣。

「妳都知道對吧？」

厲心棠微顫了一下身子，微側首，「什麼？」

「妳早就知道拉彌亞想對妳做什麼，也知道她設計這些讓妳去追查，更知道楊萱玫扔掉妳……甚至知道她是妳生母。」

厲心棠回過頭，意外的是她竟沒有否認，「爲什麼這麼說？」

「妳是不是之前就可以感受到他人的情緒了？不只是鬼的，所以妳感受到拉彌亞對妳的意圖。」

「她只是愛我，希望我此生不遭到危險。」厲心棠冷靜的說著，「我的確知道她想做什麼，但是不知道她最終目的是也把我變成另一個拉彌亞。」

太陽幼稚園不是她用區區縮寫猜到的，而是拉彌亞腦子裡浮現的場景，她在提示縮寫時心裡正想著那場大火的新聞，所以她順著說出了幼稚園的名字。

再更早之前，她盧拉彌亞幫她占卜惡魔法陣的位子時，就已經有問題了。

「不說別的，我們第一次去河堤時，你沒發現奇怪的地方嗎？」厲心棠勉強的擠出笑意，「她占卜時說施咒正在發生，但是我們騎腳踏車到捷運站、再搭到A市、再換腳踏車前往河堤時，施咒才剛結束。」

是闕擎先說那屋子有問題，接著他們下車步行，未到廢屋剛好聽見街友被殺的慘叫聲！

闕擎完全沒有意識到這點，他驚愕的倒抽口氣，「她早就知道楊萱玫在那裡施咒！」

事到如今他才知道，當時他滿腦子都是奪下的項鍊，考慮的都是「爲什麼那女人會有厲心棠幼時在身上的同款項鍊」，完全沒留意到這個Bug！這種東西不需要共情都能察覺，厲心棠眞的比想像中的更加細心精明。

厲心棠點了點頭，「所以從那天起，我也格外注意拉彌亞的言行舉止，刻意拿拍到的徽章給她看，她立刻能連結那間幼稚園……光是她知道楊萱玫在哪裡施咒，其實就說明了很多事！」

「難怪，妳在洞穴裡會義無反顧的跟她走！不，光是妳跟她到那個洞穴就不對勁了。」闕擎挺自信的挑眉，「不對勁的地方是：妳完全沒有傳訊息跟我說。」

連吃蘋果咬到舌頭這種事都要分享的人，竟然沒有告訴他：拉彌亞要帶她去找楊萱玫。

厲心棠有點難爲情的抿了抿唇，「你不會換個角度思考嗎？說不定我貼心，我知道你正被蔡警官糾纏著，我希望……」

「少來，妳做什麼事都是硬拖著我去的。」闕擎毫不留情，「那楊萱玫的事又是什麼時候知道的？」

「最早在河邊廢屋，我感受到她的情緒、聽見她的聲音，或者說那讓我想起了一些事——但你也一樣啊，你拿到她的項鍊卻沒跟我說！」厲心棠瞇起眼，顯得不太高興，「你應該跟我講的，她就是把我扔在垃圾子母車裡的人！」

「那不能確定！一樣的鍊子不能代表她就是扔掉妳的人……對，我是有想過，畢竟她一直在召魂！但是，她召個魂幹嘛在妳身上放項鍊？」闞擎提到這點就搖頭，「直到我去查了她戶口，發現她有另一個女兒，是在那個米米被燒死後兩個月後出生的，加上她那個鄰居說，如果能用同血緣的軀殼可能更好，所以——」

「鄰居什麼時候說過這句了？」厲心棠再提出質疑，在楊萱玟婆家老屋時，她才是被鬼拖到回憶裡的人，當年被害的小小孩偷聽時可沒這段！

「那個鄰居在我的精神療養院裡，她是惡魔信徒，召魂法也是她教給楊萱玟的。」

厲心棠冷笑一抹，捧起熱茶喝著，「你也很多祕密沒說嘛！」

「我對妳向來什麼都不說，這叫正常！」闞擎說得理所當然，獲得白眼一記。

厲心棠原本的眼珠是深棕色的，乍看之下沒有變化，但其實變淺了點。

「我一開始感覺到那女人是丟棄者，但完全沒想到她是我生母，一直到你提到二女兒時我才明白，原來我眞的是個徹頭徹尾的工具人！我生母要用我來讓大姐復活！」厲心棠淒楚一笑，「只是她以爲我死了，竟然這麼快就把我扔了。」

好歹是自己的孩子，就算不是那個米米，至少也不該把她扔進垃圾子母車裡吧！

闕擎不動聲色看著她苦笑後，放下熱茶去冰箱裡找零食，「妳記得她都叫妳小斑鳩？所以——她第一次召魂就成功了對吧？」

厲心棠微怔，旋即搖了搖頭，「才不！那時我完全感受到她的情緒跟想法，我知道她一直叫被燒死的孩子小斑鳩，我才刻意用這個誅心的！」

讓楊萱玫認爲她不但早就召魂成功，還親自把復活的孩子扔進了垃圾子母車裡。

闕擎沒做反應，他不知道厲心棠說的是眞的、還是假的了？

楊萱玫的屍體是厲心棠親自處理的，她婉拒了叔叔或是德古拉的幫助，她認爲自己好歹承了楊萱玫的一點兒血脈，送她最後一程仁至義盡；擁有新法力的她，輕而易舉的將那啃蝕的亂七八糟的遺體帶下去，直接拋進了沼澤裡。

當她把兩條項鍊一併丟掉時，闕擎幾乎看不見她眼底有一絲的不捨。

的確，這種母親，有什麼好値得留戀的？

那個倖存的嬰孩被放到了路邊，他們親眼見到被路人發現後才離開的；而那些無辜的祭品們，之前那幾個他們管不到，但這次這個街友也一起到沼澤裡與楊萱玫作伴。

其他的事情，就託給唐家那兩姐弟，幼稚園需要再去超渡淨化一次、楊萱玫婆婆的老屋也是，至於沼澤暫時就別碰了！

「妳之前就知道自己我見猶憐的能力嗎？」闕擎再問。

她搖了搖頭，捧起巧克力盒遞到他面前，讓他挑一個，「叔叔說了我才知道，但我覺得很合理啊！所以就趕緊跟拉彌亞撒起嬌來了……但沒用。」

闕擎實在沒吃甜食的心思，但她這麼期待，只好勉爲其難的拿一顆。

「她很執著，執著到讓我都覺得可怕，但我沒有救妳的能力。」

「我也沒有，拉彌亞一心一意就是要把我全身的血換掉，我求她時，我只感到她更堅定的信念……」她垂下眼眸，「其實事情根本不必弄到這樣的！拉彌亞下不了手後，我只要離開洞穴，她或許就可以冷靜，叔叔能讓她不接近我，只要等一段時間過後——」

厲心棠猛地看向闕擎，雙眼已噙著淚，她戛然而止的下句話是：只要那些人沒來找你麻煩。

是，蔡平昌是最大的意外，他們不該在那裡，甚至他們不該會傷害他！

「如果，妳沒把戒指給我……」

那麼，就算當時她擋在他面前，說不定戒指就能開啓防護，阻止子彈的貫穿。

「不可能的，我看到你在洞穴時都傻了，還有個拉彌亞2號，當時我已經感覺到拉彌亞可能想要做什麼，我只想避免她傷害你！」

因爲，那時她至少認爲拉彌亞是不會傷害她的。

其實戒指不算完全無效，在拉彌亞的大蛇尾掃來時，他的確有一秒感受到戒指的力量，但最終當子彈射來時，戒指還是認了主人，對他並無作用。

「其實如果妳沒有意外被我牽連的話……呵。」闕擎忍不住笑了起來。

如果當時厲心棠沒有站起來的話，現在會如何？

拉彌亞依舊存在，或許回到店裡，或許被叔叔逐出「百鬼夜行」，而他可能已獲得了平靜。

「但我就是站起來了。」厲心棠一口氣吞掉一顆巧克力。

因爲她知道有人要殺闕擎。

那恨意與殺氣大到隔那麼遠她都感應到了，迫使她想試著保護闕擎，只是什麼都來不及，痛楚就傳來了。

她沒料到的是，拉彌亞會把所有的力量都給了她。

或許他們能送醫？或許叔叔能想辦法？但她就是沒想到……拉彌亞會選擇以命換命。

在拉彌亞過給她所有妖力時，她與闕擎是勾著手的，所以她的力量也分了些許給闕擎；也或許拉彌亞都知道，因爲她知道她喜歡闕擎，捨不得讓他死的對吧？

他們還不知道這些力量會改變什麼，身體也還在適應中，會不會永生也無人知曉，至少確定的是，他們絕對不再是普通人。

「是拉彌亞給了我們生命。」她突然幽幽的看向闕擎，「她比我的媽媽，更像媽媽。」

「是啊，妳的生母要把妳當姐姐的容器，失敗了直接扔掉，拉彌亞只是養育妳的其中一個人，卻給了妳所有的愛。」闕擎忍不住苦澀一笑，「我眞的非常非常羨慕。」

他是幸運分一杯羹的人，但卻分不到那樣的母愛。

厲心棠鼻子一酸，突然撲上前緊緊抱住了闕擎，「我會愛你的。」

嗯哼，闕擎沒有拒絕，至少厲心棠的喜歡，他是切實感受得到的，畢竟這是他黑暗人生中難得的微光。

他回以擁抱，輕輕的抱著瘦弱的女孩。

「我的事解決了，你的呢？」厲心棠擔憂的看著他，「精神療養院被燒了，國家的人不會這麼容易放過你的。」

「精神療養院是我自己燒的！」

「咦？」

「舊的不去，新的不來，那目標太顯眼，在事情結束前，我得把他們遷移到別處，至少別讓國安局的傢伙老拿他們威脅我。」

「百鬼夜行」他不怕、原本厲心棠他本來也不擔心，精神療養院是他最大的弱點。

「國安局的人你解決了一批，還會有下一批，千千萬萬批。」她依舊憂心忡忡。

「我有計畫的，妳放心，我可以一個一個去談談。」他深黑的瞳仁中間，一抹黃色一閃而過，「畢竟，我現在有拉彌亞的庇佑了！」

跟組長沒什麼好談的，就找國安局長，不行就一路往上找，直到這個國家的元首；中間可以跟這些官員的家屬認識一下，聊個天，這可是政府教他的：每個人都有軟肋對吧？

「她是愛我們的。」厲心棠依舊想相信，拉彌亞是同時救他們兩人，而不是順便不小心救下闕擎的。

或許吧，闕擎不喜歡探討沒有答案的問題，至少拉彌亞的確幫助他活下來了。

「我們該出去了，大家應該在等我們。」厲心棠繞出廚房，下意識往客廳的落地窗外望了眼。

他們穿過衣櫃，雙雙回到了「百鬼夜行」，一回到夜店裡就感受到悲傷，許多亡魂受到拉彌亞諸多照顧，得知訊息後無不悲悽落淚，厲心棠打開原本孩子們的房間，現在已經空無一魂，那些無辜的嬰孩已被惡魔奪去了。

走到一樓，德古拉張開雙臂擁抱了他們，桌上的冰珠是雪姬無盡的淚水，車禍鬼走來，報告著門口應該是蔡平昌在監視。

「我可以，離開嗎？」車禍鬼緊張的說著，「我想要處理我的事了。」

「咦？你想起來了嗎？」厲心棠倒是很爲他高興。

「是，我想順便謝謝你們，那個蔡先生就由我解決了吧！」

「什麼？不不不！你如果殺了人，你會受懲處的，你現在是普通的亡魂，萬一——」

「那個人撞死了我全家，沒有人知道，他也沒有刑責。」車禍鬼壓扁頭顱上是爆開的眼珠，此時紅淚正撲簌滴落，「我的兩個孩子跟妻子的屍體都被處理掉了，只有我不甘願的亡魂不散，才能到這裡來。」

啊……難怪從一開始，車禍鬼就說過蔡平昌很眼熟。

「去吧，只要你能為自己做的事負責。」厲心棠拉過闕擎，他們幫車禍鬼做一點小小的助力，「等我們一下。」

他們走向正門，打開大門後，從容的走了出去，就站在那血盆大口的門前。

車裡的蔡平昌簡直不敢相信，他拿起望遠鏡，再重一遍——厲心棠與闕擎？他們、他們不是死了嗎？

「長官，那個是——」

「走！走！快點走！」蔡平昌慌亂的拍著前座，「我要立刻聯絡組長，還有那些去清理的人到哪裡去了！」

看著座車慌張駛離，厲心棠再往旁邊瞧時，車禍鬼已經不在了。

大門重新關上，他們朝大廳走去。

望著眼前的背影，闕擎其實是百感交集的。

他沒有懷疑過厲心棠與「百鬼夜行」任何一個人的感情，但是他眞的懷疑……她早知道拉彌亞對她有目的。

或許想看看拉彌亞究竟要做什麼，也或許她願意任拉彌亞處置，總之爲了怕被阻礙，所以才在洞口把戒指給了他；因此當拉彌亞說要取回惡魔咒術書，明明她只是個沒有助益的普通人，卻跟著去了？

擁有力量與永生很吸引人，她是眞的不想嗎？

當然，她可能也不想以人身蛇尾、甚至永世不能闔眼，當作獲得能力的代價，只是想知道拉彌亞究竟要做什麼。

他只是覺得，厲心棠其實知道很多事，卻隱而不語；例如，在楊萱玫婆婆的老屋時，她應該就已經知道楊萱玫是那個扔棄她的人了，甚至知道她是她的生母，畢竟……厲心棠長得跟楊萱玫實在太像了。

而且她最後對楊萱玫說話時，每個字都充滿了敵意，鄭海莉也對他說過，召魂一次就能成功了，厲心棠不也曾脫口而出？即使她說是故意騙楊萱玫的，但也有可能是眞的對吧？

是否二十四年前，米米的靈魂早在當年就成功佔有了妹妹的身體，只是身體一時適應不良暫時停止呼吸，是楊萱玫心太狠，太急著扔掉屍體了。

許多死而復生的人，幾乎都會因此獲得某種能力，厲心棠的「我見猶憐」是不是就是重生時獲得的？才吸引了叔叔撿走她？

從初認識的單純懵懂，到現在洞悉人心、幹練成熟的厲心棠，他並不討厭，反而更加喜歡；當她把惡魔咒術書看得比人命還重要時，他深深覺得這才該是「百鬼夜行」的人。

「厲心棠，」闕擎冷不防地問了，「妳究竟是米米，還是小柔？」

女孩正準備繞過金色屏風就進內場，微微一怔，回首笑了起來。

「我是厲心棠。」

永遠都是。

尾聲

蔡姓警察與其小隊，在數年前成爲失蹤的一員，至今下落不明，只可惜完全沒有出現在新聞報導裡；事實上，他一直在「百鬼夜行」外徘徊，但也無法去別的地方，他算是被栓在了建物外頭，永世不允許進入「百鬼夜行」，他的亡魂呈現標準紙片人的模樣，他的屍體應該在哪個廢棄車場的廢鐵餅裡吧。

厲心棠正蹲在水池邊餵著飼料，灑了一片又一片，裡面有一條小蛇吃得很開心。

「慢慢吃，換我好好照顧妳。」厲心棠在食指上親吻了一下，再對向小蛇，「我也愛妳。」

走回屋內關上落地窗，時間是五點半，她看著空蕩蕩的屋子，好像得想個辦法，把監視的天使跟惡魔也弄走，否則叔叔跟雅姐回不了家啊！

她回到房間，換上一套白色的西裝，甚至還戴了一頂紳士帽，今天紳士之夜呢！穿過衣櫃，來到了「百鬼夜行」。

「有模有樣耶妳！」一個瞇瞇眼的小子手裡正把玩著紅絲絨卷宗夾，「長大了孩子。」

「我穿西裝也挺好看的吧！」她接住了拋來的卷宗，「等等闕擎回來讓他直接上三樓好了！」

「闕擎闕擎闕擎，」阿天翻了個白眼，「一天到晚就只會闕擎。」

煩耶你！她紅著臉，趕緊朝樓下奔去，二樓有個殘破的靈魂正在擦地，他既瘦弱又恐懼，渾身都是傷，額角的洞不停流出鮮血，那可不是他們弄的，他死亡時這些傷就帶著了。

誰讓他在蔡平昌的車內，被車禍鬼一起弄死了，他們只是阻止了他去報到，把他綁到「百鬼夜行」來做工而已——敢射殺棠棠，整間「百鬼夜行」基本都不會放過他的！

這件事厲心棠樂見其成，她睜一隻眼閉一隻眼，沒管大家的做法。

「回來啦！這麼快？你才剛傳訊跟我說典禮要開始而已呢！」厲心棠一下樓，就已瞧見坐在吧台邊的闕擎，笑得心花怒放。

「只是重新落成，不必那麼多儀式啦！」闕擎倒是不太自在，拿起桌上的花給她，「喏，給妳的。」

「哇……」厲心棠喜出望外的笑容在一秒凍結，花束上的卡片是：「仁心仁術 章警官」。

章警官親自去道謝，他回到原本的職位，繼續處理難以解釋的案件。

眞借花獻佛挺粗糙的！嘖！厲心棠把花交給新來的女鬼，讓她把花分插在店裡的各個花瓶裡；新來的女鬼不太說話，是被性侵至死的，只是還想不起是誰。

「來吧！懷念這個卷宗嗎？」

她打開硬殼紅絲絨卷宗，那是「百鬼夜行」的契約，闕擎第一次跟她認識時也簽了類似的合約，有十五次機會，可以將亡靈引到「百鬼夜行」來。

但今天簽的合約不同，今天是他正式成爲「股東」的一天。

德古拉放了個古典雕花的銀盤在旁，盤上有把黑色的小刀，她劃開手指後便在合約上按捺指紋，接著便把刀子遞給了闕擎；不管幾百次，他都不喜歡這種挨疼的簽約方式。

指紋都按完後，厲心棠再遞過筆，因爲姓名的地方是空白的。

「你的本名不叫闕擎，別想誆我。」

闕擎相當詫異，「妳爲什麼知道我本名不叫闕擎？妳不是說妳讀不到我的想法嗎？也無法與我共情嗎？」

有時他眞的覺得與厲心棠的相遇是註定，他們獲得拉彌亞的法力後，厲心棠從共情到感染情緒再到讀心的能力都大躍進，可偏偏——她無法讀懂他。

「我讀不到啊！但是……我便利商店員工旅員的山難時，我喊過你全名你卻沒出事，那時我就猜到了。」厲心棠在說一件很久很久以前的事。

當時他們在山裡遇到了黃色小飛俠，因爲喊了全名的人都遭禍，可是她明明一見面就喊了闕擎的名字的。

時間眞快，那時的她，還在便利商店打工呢。

闕擎只能搖頭，厲心棠這傢伙，原本就是個過分精明的人呢！

他大筆一揮簽下了名字，同時一道手環扣住了他的手：金色手環，戴在了他的左手。

「恭喜成爲『百鬼夜行』的一份子。」她嫣然一笑，「歡迎回家。」

闕擎笑著，突然勾起她的下巴，朝前吻了一吻。

下一秒整間店爆出殺氣，闕擎嚇得趕緊遠離厲心棠，幾百雙眼睛突然都擠到一樓大廳來瞪著他……連對面正在擦玻璃杯的德古拉都瞪著他；哎呀呀，他這戀愛談得可眞辛苦。

厲心棠羞紅了臉，趕緊把合約往天花板扔去，上頭出現一雙手疾速收走，德古拉遞出的酒她一飲而盡，小正太吸血鬼正從屏風那頭探頭而出：「準備要開店囉！」

闕擎從容的坐在原位，看著大門敞開，厲心棠挺直腰桿的走了出去。

「德古拉，妳覺得她是米米，還是小柔？」闕擎突然瞄向了德古拉。

他笑得一臉優雅浪漫，碧藍雙眸眨了眨，舉起了自己的酒杯。

「她是厲心棠。」

鏘，是啊，永遠都是。

闕擎啜飲著美酒，透過金色鏤花雕刻的屏風，可以看見那白色的身影正恭敬的朝著敞開的大門外深深鞠躬：

「歡迎光臨，百鬼夜行！」

全文完

後記

三年，又一個系列走到了終點。

其實原始想寫百鬼的想法很簡單，想要如同「百物語」，講完一個故事，吹熄一個蠟燭，直到最後一根蠟燭熄滅後，就會出現妖怪。

這個概念很酷，但要執行時便發現很困難！首先一個故事要講一整本、講完吹熄後就沒了？還得先假設第一集是第88個故事這樣，如此與主軸連不起來；其次是許多「怪談」要延伸成十萬字以上的內容有點困難，可以擴展的元素也有限！最後當然是「吹熄之後」——

百物語最有趣的就是吹熄之後、妖怪出現的場景，欸……但文字描寫的話，會發生什麼事？妖怪出來散個步？就算吃人、嚇人也只有一集的份啊！

要發展成一個系列，勢必要從別處下手，就把重點放在妖魔鬼怪吧！

於是，「一妖一故事」的想法就誕生了。

由妖魔鬼怪經營的夜店，對「長腿叔叔」有執念的惡魔，身爲墮天使的雅姐，撿到一個被丟棄的人類嬰孩，最後卻在鬼怪包圍下幸福成長的人類女孩，以及一個有雙親、在人類世界長大，卻過得極其不幸的男孩。

回顧一下十二集的各種鬼怪：林投姐、水鬼、魔神仔、火焚鬼、座敷童子、黃色小飛俠、吸血鬼、狼人、報喪女妖、食人鬼、雪女以及拉彌亞。

嚴格說起來，很大部分都是「鬼」！在寫時就發現很多「妖」說穿了都是「鬼」，只是因爲各國文化不同、以及當鬼當久了，大概吸收了日月精華啥的，就晉級成「妖」了。

最後一集除了化解了拉彌亞對孩子的愛與痛之外（我眞的覺得希臘神話很病態），也帶出了棠棠的身世，其實她就眞的是被撿到的孩子，她很幸運的在愛中成長，死而復生獲得的能力也是讓她得以存活的主因。

從第一集的懵懂無知，到最後一集的成熟，其實在她每一次經歷事情後都有所變化，各種人類的行爲都在震撼她的三觀，在愛與無憂之中的孩子，是很難理解嗔痴愛恨的，這是她必須學習的課題；但她只是在溫室長大，沒有接觸過外界而已，可不是傻子，在那群深沉的妖怪間成長，怎麼可能會是單純的呢？

有別於幸福的她，闕擎就是個不幸的代表，擁有都市傳說的能力，導致他一生都很痛苦；但能遇到棠棠就是個轉機，他們也算是個絕佳互補，她可能是世界上唯一不覺得他奇怪、也不會指責他是怪物的人了，畢竟棠棠的三觀是屬於另一個世界的啊！

至於闞擎的過往，有機會會寫的，好歹人家也是都市傳說的一份子，應該能來個外傳或單行本吧！人不能選擇自己的出生，還是希望每個孩子都能幸福。

回看第一集《林投劫》的後記，當時出版時正值疫情爆發，當時我也說了不會把疫情帶入作品中，而今最後一集，疫情已然結束，這三年說快不快、說慢……也是過了啊！

也很謝謝這系列的繪者 **Blaze Wu** 老師，爲這系列繪製了美好的各式鬼怪，而且她極度細心又專業，大家如果仔細看每一版的封面，除了每個都有隱藏品在封面裡外，每個封面都是堅持紅黑金三色，尤其那個金色，眞的非常非常的美！更別說每次印封面，她都是親自到印刷廠，務求每一個顏色都要精準的！

因應最後一集，十二本剛好可以對應十二個月，於是一個囊括十二個封面的連曆便隆重登場了！這眞的太漂亮！一次由十二位鬼魅陪伴大家渡過美好的二〇二四喔！

至於下個系列，我想之前有人也留意到了，目前暫定是「Sin」，各種原罪是寫不完的，老話一句，打開今天的新聞吧，每件事都能有個原罪歸屬呢！

謝謝這三年的百鬼夜行，如果哪兒眞有開這間夜店，我還眞想去看一看。

最後，由衷感謝訂閱購買這本書的您們，購書才是對作者最實質且直接的支持，沒有您們的購書，作者便無法繼續書寫下去，謝謝！

笭菁

境外之城 153

百鬼夜行卷 12（完結篇）：拉彌亞

作　　者／笭菁
企畫選書人／張世國
責 任 編 輯／張世國
發　行　人／何飛鵬
總　編　輯／王雪莉
業 務 協 理／范光杰
行 銷 主 任／陳姿億
資深版權專員／許儀盈
版權行政暨數位業務專員／陳玉鈴
法 律 顧 問／元禾法律事務所　王子文律師
出版／奇幻基地出版
城邦文化事業股份有限公司
台北市 104 民生東路二段 141 號 8 樓
電話：(02)25007008　傳真：(02)25027676
網址：www.ffoundation.com.tw
e-mail：ffoundation@cite.com.tw
發行／英屬蓋曼群島商家庭傳媒股份有限公司城邦分公司
台北市 104 民生東路二段 141 號11 樓
書虫客服服務專線：(02)25007718・(02)25007719
24 小時傳真服務：(02)25170999・(02)25001991
服務時間：週一至週五09:30-12:00・13:30-17:00
郵撥帳號：19863813　戶名：書虫股份有限公司
讀者服務信箱 E-mail：service@readingclub.com.tw
歡迎光臨城邦讀書花園 網址：www.cite.com.tw
香港發行所／城邦（香港）出版集團有限公司
香港灣仔駱克道 193 號東超商業中心 1 樓
電話：(852) 2508-6231 傳真：(852) 2578-9337
馬新發行所／城邦（馬新）出版集團
【Cite (M) Sdn Bhd】
41, Jalan Radin Anum, Bandar Baru Sri Petaling,
57000 Kuala Lumpur, Malaysia.
電話：(603) 90563833　傳真：(603) 90576622
E-mail：services@cite.my

封面插畫／Blaze Wu
封面版型設計／Snow Vega
排　　版／芯澤有限公司
印　　刷／高典印刷有限公司
■2023 年10月3日初版一刷
■2023 年12月21日初版1.5刷
售價／360元

國家圖書館出版品預行編目資料

百鬼夜行卷 12（完結篇）：拉彌亞 / 笭菁著 —
初版—台北市：奇幻基地出版；
家庭傳媒城邦分公司發行；2023.9
面：　公分 .--（境外之城：153）
ISBN 978-626-7210-73-4 (平裝)

863.57　112012874

本書中文繁體字版由作者笭菁授權奇幻基地在全球獨家出版、發行。
Copyright © 2023 by 笭菁（百鬼夜行卷12（完結篇）：拉彌亞）

ALL RIGHTS RESERVED
著作權所有・翻印必究
ISBN 978-626-7210-73-4
Printed in Taiwan.

※ 本故事內容純屬虛構，如有雷同，純屬巧合。

城邦讀書花園
www.cite.com.tw

廣　告　回　函
北區郵政管理登記證
台北廣字第000791號
郵資已付，免貼郵票

104 台北市民生東路二段141號11樓

英屬蓋曼群島商家庭傳媒股份有限公司城邦分公司 收

請沿虛線對摺，謝謝

奇幻基地

每個人都有一本奇幻文學的啓蒙書

奇幻基地粉絲團：http://www.facebook.com/ffoundation

書號：1H0153　書名：百鬼夜行卷 12（完結篇）：拉彌亞

請於此處用膠水黏貼

奇幻基地

讀者回函卡

謝謝您購買我們出版的書籍！請費心填寫此回函卡，我們將不定期寄上城邦集團最新的出版訊息。

姓名：＿＿＿＿＿＿＿＿＿＿＿＿　性別：□男　□女

生日：西元＿＿＿＿年＿＿＿＿月＿＿＿＿日

地址：＿＿＿＿＿＿＿＿＿＿＿＿

聯絡電話：＿＿＿＿＿＿＿＿傳真：＿＿＿＿＿＿＿＿

E-mail：＿＿＿＿＿＿＿＿＿＿＿＿

學歷：□1.小學　□2.國中　□3.高中　□4.大專　□5.研究所以上

職業：□1.學生　□2.軍公教　□3.服務　□4.金融　□5.製造　□6.資訊

□7.傳播　□8.自由業　□9.農漁牧　□10.家管　□11.退休

□12.其他＿＿＿＿＿＿＿＿＿＿＿＿

您從何種方式得知本書消息？

□1.書店　□2.網路　□3.報紙　□4.雜誌　□5.廣播　□6.電視

□7.親友推薦　□8.其他＿＿＿＿＿＿＿＿

您通常以何種方式購書？

□1.書店　□2.網路　□3.傳真訂購　□4.郵局劃撥　□5.其他

您購買本書的原因是（單選）

□1.封面吸引人　□2.內容豐富　□3.價格合理

您喜歡以下哪一種類型的書籍？（可複選）

□1.科幻　□2.魔法奇幻　□3.恐怖　□4.偵探推理

□5.實用類型工具書籍

您是否為奇幻基地網站會員？

□1.是□2.否（若您非奇幻基地會員，歡迎您上網免費加入，可享有奇幻基地網站線上購書75折，以及不定時優惠活動：http://www.ffoundation.com.tw/）

對我們的建議：＿＿＿＿＿＿＿＿＿＿＿＿

＿＿＿＿＿＿＿＿＿＿＿＿

＿＿＿＿＿＿＿＿＿＿＿＿

請於此處用膠水黏貼